Ritsu &
Kurokawa
「契約は悪魔の純愛」

Chara

契約は悪魔の純愛

火崎　勇

キャラ文庫

この作品はフィクションです。
実在の人物・団体・事件などにはいっさい関係ありません。

目次

契約は悪魔の純愛……5
ジェラシーは悪魔の喜び……145
あとがき……274

口絵・本文イラスト／高城リョウ

契約は悪魔の純愛

大きな門。

冠木門《かぶきもん》って言うんだっけ？　屋根が付いてる木戸。

柱のところにインターフォンがついてるけど、俺はそれを押さなかった。

つくづく大きな家だ。

大谷石《おおやいし》の塀に囲まれた家は、一区画まるまるを包んでいる。

インターフォンの下には、『吉澤《よしざわ》』の表札がかかっていたが、それも厚い木の板で墨痕《ぼっこん》鮮やかな大きな文字だ。

「吉澤不動産の社長らしい屋敷だな」

俺の背後に立つ黒川《くろかわ》が言った。

よく通る、低いけれど甘い声。

聞き慣れた声。

「会ってくれると思っているのか？」

しっとりとして艶のあるこの声は、嫌いじゃない。

「こういう連中は、身分のある人間か、紹介者がいないとお前のような若造には会ってくれないと思うぞ」

わかってることを喋《しゃべ》るのも、聞き慣れている。

多分、黒川の言う通りだろう。

俺は吉澤とは面識がない。何者かと聞かれればまだマシな方かも。

でも今日はいい。

ただ、確かめたいだけだったから。

五分ほど突っ立っていると、門が開いた。

「そこ立ってると邪魔だよ、車が出るから」

門を開けたおじさんに言われ、俺は脇へ退《ど》いた。

ゆっくりと、敷地の中から大きな黒い車が出てくる。

エンブレムのついた車は、道に出る前に一時停車した。

運転手は若い男。後部座席には、四十がらみの男が座っている。

前髪を後ろに撫《な》でつけ、仕立てのよいスーツを着てシートベルトをつけずにシートにゆったりと身を沈めている。

「あれは法令違反だな」

黒川が言った。

けれど見つかっても、逮捕されたりはしないだろう。せいぜい注意される程度のことだ。

男はチラッとこちらを見た。

太い眉と大きな目、口元に特徴的な大きなホクロ。

この顔だ。

間違いない。

そう思った瞬間、『また』身体《からだ》が震えた。

車はすぐに走りだし、見えなくなった。

「何か御用ですか？」

門を開けたおじさんが声を掛ける。だがその相手は俺ではなく、背後に立つ黒川に向けてだった。

Ｔシャツに色褪《あ》せたブルゾンとデニムな俺より、黒いスーツを着込んだ黒川の方がこの家の来訪者には相応《ふさわ》しいからだろう。

「いえいえ、特に用事はないですよ。こんな家」

こんな家、と言われて、おじさんはジロッと黒川を睨《にら》み、門を閉めて中に消えた。

「まだここにいるつもりか？　律《りつ》」

「帰る」

「帰りにどこかで食事でもするか？　焼き肉とかどうだ？　寿司でもいいぞ」

「家で作る」

「若いんだから、血肉になるものを食べた方がいいぞ」

「無駄遣いはしない」

「私が奢《おご》るに決まってるだろう」

「いい。行くぞ」

「はい、はい」

歩きだした俺の後ろから、黒川はついてきた。

もう何も言わずに。


森永《もりなが》家は、普通の家だった。

両親は幼馴染《おさななじ》みで、二人の実家は近所。

だから、大きな災害に遭って両家一遍に被災し、親族は誰もいなくなってしまった。

豪雨で、山が崩れたのだ。

何も無くなった土地は自治体で買い上げてくれたが、大した金にはならなかった。けれど両親は『律の進学の資金ができた』と言っていた。

まだ俺は小学生だったのだが。

父親は普通のサラリーマン、母親はパートでスーパーのレジ打ち。住まいは賃貸のマンション。

裕福ではなかったが、一般的な家庭。

それでも幸せに、親子三人で暮らしていたのだ、あの日まで。

俺が中学二年の時、両家の祖父母の墓参りに行った帰り。

逃げ場のない車の中で母親から高校進学の話をされて、俺は少しふて腐れていた。

「聞いてるの、律。もうそろそろ高校決めないと。前田《まえだ》さんのところの陸人《りくと》くんは都立一本に決めたそうよ。大学まで出してあげたいから、うちもできれば都立にして欲しいのよ。お金がかかるでしょう?」

お金の話をされるのも、他人と比べられるのも嫌だった。

思春期で、一番親に反抗したい年頃だったから、そんな言葉にもムカつく。

でも、ケンカをしたりグレたりなんかはしなかった。ただちょっと、親の言葉が素直に耳に入ってこないというだけだった。

「わかってるよ。まだ中二なんだから、もう少し考えるよ」

「お前は頭がいいんだから、大学は国立を目指せるわよ」

まだ高校も決まってないのに、大学の話か。

「ねえ、お父さんも何か言ってやってよ」

「まあいいじゃないか。律だってちゃんと考えてるさ」

父親から助け舟が出されたが、母さんには無意味だった。

「そんなのんびりしてられないのよ、今時は」

助手席に座っていた母さんの矛先が父さんに向かう。ということは助け舟は成功だったのかな。

さっきまでは結構いい気分だった。

母さんが友達から聞いたという洒落《しゃれ》た和食の店で、美味《おい》しい鳥料理を食べていたのだ。

広い敷地にコテージみたいに茅葺《かやぶ》きの小屋がたくさん建っていて、その小屋一軒が個室として貸し切り。中には囲炉裏があり、自分達で肉を焼いた。

ニワトリだけでなく、鴨《かも》やスズメやダチョウの肉も、メニューにはあった。

スズメには興味があったが、一匹丸々を潰してクシに刺してあると聞いて、母さんが断固反対した。

まあ俺も、そんな姿のスズメは見たくなかったけど。

そこでの食事が楽しかったので長居して、随分と遅くなってしまったのだ。

いつもなら、日が暮れる前に高速に乗っていたのに、まだ農道みたいなところを走っている。

真っ暗で、ポツポツと街灯があるだけ。

この単調な景色に飽きて、きっと母さんは俺の進学の話を始めたのだろう。

俺は後部座席で、窓の外へ目をやった。

やっぱり何にもない。

その時、道の先に一つの明かりが見えた。自動販売機だ。

「父さん、停《と》めて」

「うん？」

車は自動販売機を通り過ぎた暗がりで停車した。

「どうした？」

「自販機、ちょっと飲み物買ってくる」

「ああ。それじゃ俺にも買ってきてくれ。お茶でいいや」

「あら、じゃあ私も。甘いのがいいわ」

「お金」

後ろから手を差し出すと、母さんが千円札を差し出す。

「あとちょっとで国道に出るから」

「あら、それならすぐ高速ね。サービスエリアまで我慢した方がいいかしら？」

出した千円札を引っ込めようとしたので、俺はそれを取り上げて車を降りた。

走りながらではなく、ここで飲むつもりなのか、アイドリングを止めてエンジンが切られる。

数メートルの距離を歩いて、自動販売機の前に立つ。千円札を入れて、最初に迷いのない父さんのウーロン茶を買った。

釣銭を取って、次に母さんのオレンジジュース。

俺は何にしようかな、と商品を眺めている時、車が停まってる方向から強い光を感じ、振り向いた。

青い、強い光。

眩《まぶ》しくて、目をすがめた瞬間、もの凄《すご》い音が響いた。

何が起きたのか、わからなかった。

停車していた父さんの車は、エンジンを切っていたのでライトが消えていたから。

心臓が、ドクンドクンと鳴る。

車は……、そこにあった。

だが父さんの白い軽自動車じゃない。こちらを向いた、黒い、大きな外車だ。フロントガラスにヒビが入って、ボンネットがひしゃげた。

父さんの車はどこに？

身体が固まって、動くことができない。

頭も回らない。

起きていることが理解できない。

黒い車から、一人の男が降りてきた。青白いヘッドライトはまだ点《つ》いたままだったので、その強い明かりに男の姿が見えた。

太い眉、大きく見開かれた目、丸みを帯びた鼻。青い光がその顔を網膜に焼き付ける。

男は、すぐに車に戻ると、そのままバックを始めた。

……え？

もの凄いスピードで、青白い光が遠ざかってゆく。

「ま……、待てよ……っ！」

足が動かない。

それでもやっと出た声が、夜の闇に消える。

「うちの車はどこいったんだよ！　父さん！　母さん……っ！」

買ったばかりのお茶とジュース、握っていた釣銭が地面に落ちる。

車が停まっていた場所に駆け出す。

何がどうしたのか、やっと思考が繋《つな》がった時には、もう全てが終わっていた。

うちの車は道から飛ばされ、畑に落ちていた。衝突した車は、逃げ去っていた。暗闇には、俺一人しかいなかった。

車に近づくと、ガソリンの臭いがする。

「父さん！　母さん！」

窓から手が出て、スマホが放り出された。父さんの手だ。声は聞こえなかったが、俺はすぐに理解し、電話を拾うと警察に電話をした。

「もしもし、もしもし。交通事故です。助けて、まだ両親が車の中にいるんです！　助けてください！」

呻《うめ》き声が聞こえた気がした。それが父親のものか、母親のものかわからないけれど、確かに声はした。少なくとも、父親はスマホを外に放り投げたのだから、その時には生きていた。

いや、車の落ちた先は畑だったし、段差はそれほど大きくないのだから、即死するような事故ではなかったはずだ。

けれど、両親はその事故で死んでしまった。

火が出たからだ。

何かが、漏れ出たガソリンに引火して、潰れた白い車は炎に包まれた。

俺は悲鳴を上げながら、ドアを開けようと試みたが、潰れてしまった車体が開くことはなかった。

熱せられた金属が摑《つか》むことができないほど高温になり、炎が俺の髪を焦がした頃、遠くサイレンの音が聞こえた。

でも、間に合わなかった。

俺の目の前で、両親は死んだのだ。

もしも、ぶつけたあの車の人が手伝ってくれたら、助けることができたかもしれない。

でも、相手は通報もせず、救助活動もせず、逃げ去った。

運転者は、車を降りて引っ繰り返ったうちの車を見たのだから、中に人が乗っていたのはわかったはずなのに。

両親は、シートベルトをしていた。

ケガをした身体で、それを外すことができなかったのだろうと、後で教えられた。

運転席を上にして横倒しになった車の中で、両親は生きたまま焼かれた。

俺の説明を聞いた警察の人は、その車のヘッドライトはＨＩＤランプと言って、高輝度のもので、離れて立っていた俺が眩しいと感じたということは、ハイビームにしていたのだろうと説明してくれた。

強い光で走っていて、本来見つけやすい白い車が光の反射で見えなかったのかもしれない。ハイビームとは、暗い道では普通地面を照らして進むものだが、ライトの向きをもっと上にして遠くを見るためのもの。そのせいで俺が眩しさを感じたのだろう。

詳しい車種やナンバーを見ることができなかったのも、直接俺を照射したそのライトのせい。

俺は、見たことを、覚えていることを、全て警察に話した。車のことも、運転者のことも細かく。

フロントガラスにヒビが入り、ボンネットが歪《ゆが》んだ車だから、すぐに見つかるだろうと思っていた。

けれど、今に至るまで、警察から見つかったという連絡はない。

ある日突然、両親が目の前で死んでしまう。

そんな非日常的なことが自分にも起こるのか。

ありえないと思っていることが、こんなに簡単に起こるものなのか。

だが、それと同じくらい非日常的なことがもう一つ、俺の身に起こった。

想像していなかった、という点では、両親の死以上のことかもしれない。

それが、黒川との出会いだった。


親戚はもう誰もいないので、父さんの会社の人が、葬儀の手配をしてくれた。

自宅は賃貸マンションなので、地域の集会所を借りて葬儀を行うことになった。

遺体は警察の解剖などがあって、お葬式が行われるまで数日かかった。

その間は、俺の友人やその保護者が、俺の様子を見に来てくれていた。

「可哀想《かわいそう》に」

「事故だから仕方ないわ」

「気をしっかりもつんだぞ」

慰めのつもりの言葉が、頭の中を通り抜ける。

葬式には学生服を着るのだ、と教えてくれたのは隣のおばさんだ。喪服がない、と言ったら、学生さんの制服は礼装で、天皇陛下にもお会いできるのよ、と言われた。

そんな機会はないだろうに。

お葬式の前にすることがたくさんあるのは、遺族が悲しむ暇がないようになのよ、と言ったのもおばさんだ。

実際、やることはたくさんあった。

遺影の写真を選んだり、参列者の名簿を作ったり。葬儀屋への連絡や火葬許可証の取得、お寺への連絡。

葬儀代を支払うためにお金を引き出さなきゃいけないだろうと、通帳とハンコを探し出して銀行へ行ったら、両親の口座は停止されていた。

悲しむ暇がないどころか、何もできなくてぐるぐるする。

父さんの会社の社長さんが、会社の弁護士さんを手配してくれなかったら、葬儀もできなかったかもしれない。

小さな集会場に運ばれた両親の遺体。

ささやかに飾られた花。

お通夜には、たくさんの人が来てくれた。

近所の人、両親の仕事先の人々、個人的な友人、俺の学校の友人と保護者、先生。けれど、夜になると皆帰ってしまう。

親族ではないから。

お灯明番といって、夜にお線香を絶やさないために誰かが集会場に泊まることになった時、そこに残ったのは、俺と、友人達だけだった。

最近は火の始末が心配だから帰されることが多いそうだが、事情が事情だからと、特別に許してもらえたらしい。

夜が更けてくると、友人達がかけてくれる慰めの言葉が辛《つら》くて、暫《しばら》く一人にして欲しいと頼んだ。

友人達は仮眠室に下がり、俺一人だけが式場に残り、参列者のために並べられたパイプ椅子の一つに座って両親の遺影を見つめている時だった。

「美しい」

葬儀の席に相応しくない言葉が聞こえたのは。

声のする方を見ると、黒いスーツを着た男が立っていた。

年の頃は二十代か、三十代か、よくわからないが、父親よりは年下だと思った。

スーツと同じ真っ黒な髪はサラリーマンにしては長め。額にかかっている前髪はゆるいウェーブヘアー。肌は白く、顔立ちは日本人離れした、長い睫毛《まつげ》と目尻の切れ上がった整った顔。

背も高く、まるでモデルのようだ。

けれど、彼の外見よりもここに相応しくないと思わせたのは、その顔に浮かぶ笑みだった。

その男は、葬儀に来ているのに、陶酔するような笑みを浮かべていたのだ。

ムッとしたが、俺は静かに尋ねた。

「父のお知り合いでしょうか、それとも母の？」

男は俺の問いかけを無視して、パイプ椅子の並ぶ通路の中央を、ランウェイを歩くようにゆっくり近づいてきた。

「いや、本当に美しい。一目惚《ぼ》れというのはこういうことを言うのだろう」

「あの……。何の御用でしょうか？」

葬儀のために来たわけではない。そう察して訊《き》いた。

香典泥棒とか、そういうのだろうか？　ただ何か別のものと間違えて入ってきただけなのだろうか？

「名前は？」

「は？」

「お前の名前だ」

男の手が伸びて、俺の顎を取りツイッと上向かせた。

「さらさらの髪に大きな目。うん、見た目も悪くない」

何だ、コイツ。

頭おかしいんじゃないのか？

「人に名前を訊く時は自分から名乗るもんですよ。ここは森永家の葬儀場です。関係ないなら出てってください」

手を払いのけ、身体を引く。

「葬儀場。ああ、人が死んだのか。……あれはお前の肉親か？」

男は遺影を見て訊いた。

「両親だ。出て行かないなら、警察呼びますよ」

「両親か。彼等《ら》は非業の死を遂げた、というところか？　だからお前は悲しみながらもそんなに怒っているんだな？」

非業の死、と言われてカッとなった。

非業って、前世の因縁とかそういう意味か？　俺の親が死んだのは前世の因縁なんかじゃない。

「出てけよ！」

「おお、赤みが増した」

「関係ないなら、さっさと出てけ！」

「これは私に対する怒りの色か？　では青いものは怒りではなかったのか？　いや、そうでは

ないだろう。人の感情で一番強いのは怒りのはずだ。つまりそれは私以外の者に対する怒りということか。赤が入るとあまり美しくない。まあ、落ち着け」

「何が美しいだ、何が落ち着けだ！」

大声で叫んだから仮眠室にいる友人達が来るだろうと思ったのに、誰も出てくる気配がない。

「落ち着け」

低い声がもう一度繰り返す。

途端に胸が詰まるように苦しくなる。

「お前は説明を望むのだな？　自分の頭で理解したいと思っている。説明をしたら、落ち着くかな？」

声は喉に絡まって、返事ができない。

「ふむ、ではまず私の名前を名乗ろう。……そうだな、黒川だ」

『そうだな』を付けた時点で適当な名前だとわかるのに。こいつ、バカか。

「他の名前もあるが、今はそれでいこう」

偽名だと、すぐにバラすのか。

「食事の帰りにここを通りがかったら、死の匂いがしたのでちょっと覗《のぞ》いてみたのだが、お前を見つけた。今まで見たことのない美しい炎をもっているお前だ」

炎……？

「合いの手が入らないと話し辛いな。質問されてそれに答える方が話し易《やす》い」

彼が人差し指を立ててスッと横に引くと、喉が軽くなった。

「さあ、何でも訊くといい」

今、何かをしたのだろう。偉そうな態度に腹は立つが、逆らわない方がいいかも。

喉を摩《さす》りながら、俺は訊いた。

「炎って……、何だよ……」

「お前の胸に灯《とも》っているものだ。感情？　性質？　魂？　そういうものだ」

「何でここに来たんだ」

「言っただろう、通りすがりだ」

「用事がないなら、もう帰れ」

「用事はある。ええと……、お前の名前を教えてくれ」

「森永……、律だ」

「律、いい名前だ。音がいい。旋律の律かな。私の用事は律と契約することだ」

「契約？　保険屋？」

契約というとそれしか思いつかなかったが、すぐ否定された。

「違う、違う。仕事ではない。私個人の望みだ」

彼は近くの椅子を引っ張って、俺の前に座った。

近くで見ると、より顔のよさが際立つな。

「私は悪魔なのだ」

「……ハァ?」

「その反応は想定済みだ。『信じられない』『こいつ何言ってるの?』『イッちゃってるのか?』と思ってるだろう。だがこれが真実だ」

「自分がどう見られるかがわかってるくらいには、まともなんだ。それなら、信じられないから相手にしないってことも想定済みなんじゃないの」

「もちろんだ。だが私にはそう思っている人間を信じさせる方法がある」

「信じさせる?　どうやって」

「こうやって」

男は立ち上がり両手を広げた。

電気は点いていた。天井には蛍光灯が灯っていた。なのに、周囲がみるみる暗くなっていく。

天井も、床も、みんな真っ黒く染まって祭壇も見えなくなる。

「な……っ!」

慌てて立ち上がったが、その足元には何もなかった。

何も、だ。床どころか、自分が立っている地面に相当するものがない。深淵《しんえん》だ。

「これは単なる幻視だ。実際瞬《まばた》きの間に別の場所へ移動することもできるが、今は移動したわけではない。ただ律に『こう見えて』るだけだ。子供騙《だま》しだが、それでも人間にはできないことだろう？」

真っ暗な空間に小さな光が、一つ、また一つと輝き始め、いつの間にか俺達は宇宙空間で向き合っていた。プラネタリウムみたいだ。

「私は、『理《ことわり》』の外に存在する者だ。だから、人間ができないことができる。そして無から有を生み出すということもできる。何か欲しいものがあるなら出してやるぞ？」

「手品だ！　こんなの、催眠術か何かだ！」

信じられない。信じられる方がおかしい。

「頑固だな」

「元に戻せよ。俺を正気に戻せ」

「いいとも」

彼が頷《うなず》いた途端、周囲はまた集会所に戻った。

「私と契約したら、君の欲しいものは何でもあげよう。世界一の大金持ちにだってできるぞ。好きな娘がいればその娘の気持ちをお前に向かせることもできる」

「バカじゃないの。そんなもの何も欲しくない。とにかく帰れ！」

男は、残念そうな顔をした。

「私への苛立《いらだ》ちで色に雑みが出ている。炎を曇らせないためには、今日は引き下がった方がよさそうだな。時間はたっぷりある。待つのは嫌いではない。次にはもう少し律のことを調べてから会いに来よう」

「軽々しく俺の名前を呼ぶな」

怒鳴った次の瞬間、男の姿は消えていた。

誰もいない。

夢……、を見ていたのか？

だが目の前にあるパイプ椅子は、向きを変えていた。あの男が動かした向きに。

「律」

まだいたか、と振り向くと、様子を見にきた友人だった。

「寝れなくても、少し横になっとけよ。明日もあるんだから。疲れただろ？」

疲れた。確かに疲れを感じている。

今のは、きっと疲れが見せた幻覚に違いない。

「うん……。少し横になる。代わってくれ」

「ああ、そうしろ。うちの親父《おやじ》が様子見に来てくれるって」

「……うん、ありがとう」

俺は友人と入れ替わって、集会所の仮眠所に向かった。そこには他の友人もいて、俺のために布団を空けてくれた。

横になっても眠ることはできなかったが、取り敢《あ》えず心と身体を休めるべきだと目を閉じる。

さっきは、あそこでうたたねしていたのかも。それで夢を見たに違いない。

悪魔が現れて契約しよう、か……。とんだ夢を見たものだ。それこそ中二病だ。どうせ夢を見るなら両親が生きてる頃のことを夢見ればよかったのに。

それとも、俺にはもう幸せだった頃の夢は見られないのだろうか？　目を閉じて浮かぶのはあの燃え上がる炎ばかり。

俺は、あの事故が、悪魔の仕業だとでも思っているんだろうか？

いいや、そんなことはない。

俺は怒ってるんだろうか？　何に？　……わからない。

くだらない夢のことは忘れよう。悪魔なんてものに逃げたって、現実は変わらない。もうあんな戯言《たわごと》を考えないようにしないと、これからを生きていくのが大変なのだから。

だが、黒川は再び俺の前に姿を見せた。


葬儀が終わり、両親が小さな箱二つになって家に戻ってきた夜。

泊まってくれる親戚もいなくて、俺は一人きりだった。

朝には弁護士さんがこれからのことを説明しに来てくれることになっていたが、養護施設に行くことは避けられないだろうと言われていた。

お金のことも、詳しく調べてみないとわからないけれど、借金はないようだし、保険金も出るらしいし、暫くの生活には困らないだろうとも。

一人きりのマンションの部屋。

養護施設か……。

持って行けるものは少ないだろう。

家具などは全部処分しなくちゃならないかも。父さんや母さんの服も、捨てないといけないのかな。誰かに預けることもできないのだから、仕方がない。

親がいる、ということが当たり前過ぎて、いなくなってしまった時に自分がどうなってしまうかなんて考えてみたこともなかった。

高校にも進学できるのだろうか？　大学はどうだろう？

この部屋は、いつまでに出て行かなければならないのだろう。今月の家賃は払ってあるはずだから、少なくとも今月いっぱいはいられると思うけど。

考えることがあり過ぎる。

俺は、自分の部屋で『考えなければならないこと』を紙に書いてみた。

「律」

突然、部屋の中に声が響く。

やっぱり全部夢だったのか。これは俺を起こしてくれる声なのか。

……そうではなかった。

「黒川……」

立っていたのは、通夜の時に現れたあの男だった。

「あまり食べていなかっただろう。それでは身体を壊してしまうぞ。食べ物を買ってきたから、食べなさい」

手に提げた、ファストフードの紙袋を見せる。袋からは食べ物の匂いがした。

「お前、どうやって中に……」

「私は悪魔だからね。どんなところだって入れるよ」

「まだそんなこと言ってるのか」

「じゃあ、どうやって説明する？　玄関のドアにはカギをかけていただろう。チェーンもかかっていた。なのにここにいる『私』を」

そうだ。それに、俺の部屋へ入ってくる時のドアの音もしなかった。

「お前ぐらいの年頃の子供はこういうのが好きなんだろう？　他のものがよかったら、他のものを買ってきてやるぞ？」

黒川はそう言って俺が向かっていた机の上に紙袋を置いた。触れると、まだ温かい。

「律のことを調べたよ。両親が亡くなって、行くところもないのだろう？」

言葉が胸を刺す。

「私のところへ来ないか？　最高の暮らしをさせてあげよう」

「行くところはある」

「養護施設？　あまり楽しくない場所だろうな」

「それでも……！　……それでも、行くしかないんだ。親戚がいないから」

「うん、君のお友達の家や、親の友人や知り合いも、君を引き取ることはしないだろうからね」

「そんなの、当然だ」

「当然か。潔い子だな」

彼は足を組んでベッドに座った。

「もう一度言おう。私と契約しないか？」

「しない」

「即答か」

「胡散臭《うさんくさ》い男の言葉なんか聞かない」

「胡散臭くはない。ちゃんと正体を教えているじゃないか」

「俺なんかと契約して、あんたに何の利益があるんだよ。魂を奪うとか、奴隷にするとか、そういうことだろ」

何を言ってるんだ、俺は。これじゃ黒川が本物の悪魔だと認めてるみたいじゃないか。

「私が望んでいるのは、利益ではなく嗜好《しこう》だ」

不思議な、声だった。

よく通る声なのに、大きくはない。静かに話をしているのに、耳に残る。低くてしっとりとしている。

声優みたいにいい声だ。

「私は、人の感情を食べる。食べる、というのは正しくないか、味わうと言った方が正しいだろう」

黒川の説明に依《よ》ると、悪魔には殆《ほとん》ど感情がない。いくらかはあるが人間ほどではないそうだ。だから感情というものに興味がある。

普段は外から人の感情の動く様を見て楽しんでいる。怖がらせて恐怖の表情を見たり、優しくして喜ぶ様を見たり、セックスして快楽に溺れる様を見たり。

逃げ惑い泣き叫ぶ姿はとても楽しい、とも。

だが見ているだけでは満足できないほど素敵な感情を持っている者がいる。

それは顔や動きでわかるものではなく秘められたもので、黒川には、その内面にある感情が炎のように見えるのだそうだ。

感情か性質か魂か、その正体まではわからないが、そんなものは契約してみればいい。

純粋なその『何か』を、自分も味わうことができる。純粋、という言葉は悪魔にとって至高なのだ。

大抵の人間は、小さな炎しか持っていない。

見ても面白くも何ともないし、色も悪い。興味もそそらない。

だが、俺の中にある炎は大きくて美しいのだそうだ。

「青白く透明で、輝きを持ち、それでいて熱を感じる。炎の形も、揺らめきも芸術的だ」

身振り手振りを加え、陶酔した表情で大絶賛した。

だがその炎は人間の内側にあるので、外から味わうことができない。

味わうためには、契約をし、その人間の内側に入る許可を得なければならない。

感覚を、感情を共有し、人間のようにそれを味わってみたいのだと。

「律の全てを私に見せて欲しい。その炎となる怒りと悲しみと、様々な感情が入り交じったその複雑な感情を、私にも味わわせて欲しい。こんなに欲しいと思ったものは初めてだ。契約してくれれば、律の望みは何でも叶《かな》えてやろう」

「望みなんて、何もない」

「そんなことはないだろう。欲のない人間などいない」

「欲は……、あるよ。でも他人に叶えてもらいたい欲はない。ましてや、自分の全てを他人に晒《さら》け出してまで叶えたいことなんてない」

「私は他人じゃない、他悪魔だ」

「一緒だよ。俺にはあんたが人間にしか見えない」

「悪魔っぽい姿になったらいいのか？」

「変わらない。アニメやマンガの悪魔みたいになったって、怪物みたいになったって、俺の感情は俺だけのものだ」

荒唐無稽だ。なのにどうして俺はこんなに落ち着いて話をしているんだろう。

呆《あき》れてるのか？　誰もいないということを痛感した後だったので、誰かと話をしているのが嬉《うれ》しいのか？　寂しさを埋めてくれるようで。

「起きてしまったことは、もう戻らない。あんただって、時間を戻すことはできないだろう？　幻じゃなく、現実で、時間を戻すことができる？」

「それはできないな」

「だったら、今を受け入れるしかない」

「だが、今よりよい『今』を提供することはできる」

「今よりいい『今』って何さ」

「面白おかしく暮らす、というのは望んでいないようだから、そうだな。このマンションの部屋をそのまま残してやってもいい。ここで律が暮らせるようにできる。もっといい場所に移ることもできる」

「一人で?」

「私が一緒に住んでやるぞ」

「他人じゃん」

「一緒に暮らせば情が湧くかもしれないぞ」

「感情はないって言ったくせに。感情のない人となんて暮らさない」

「強情だな」

「強情なんじゃない。これが本当の気持ちっていうだけだ。意地を張ってるわけでも、強がってるわけでもない。受け入れてるだけだ」

「諦めるのか?」

「諦めてなんかいない。どうやったらいいのかはわからないけど、ちゃんと高校にも大学にも行く。俺は生きてく。そして……」

　俺が言葉を呑《の》み込むと、彼の目が輝いた。

「ああ、美しい。その感情は何だ?　確かに、諦めではないようだな」

「言わない。もう消えろよ。契約は断った。黒川に用はない。悪魔なんかいらない」

「仕方がないな。今日は帰ろう。だが私は諦めない。律ほど素敵な人間はいないのだから。また来るよ」

「二度と来るな」

彼はふふっ、と笑った。

「大丈夫、必ず来るから。困った時には私を呼びなさい」

「呼ぶもんか！」

黒川の姿は、粒子のように細かくなって消えた。

部屋はまた静かになり、誰の気配もしない。

ただ、机の上にはファストフードの紙袋が残されていた。

まるで私はここにいる、という黒川のアピールのように。


それ以来、黒川はずっと俺の側《そば》にいる。

四六時中というわけではなく、ことあるごとに姿を見せる、という感じだ。

俺は、マンションを引き払い、養護施設へと移った。

荷物の大部分は処分しなければならなかったが、父さんの会社の社長さんが、持っていけなくて捨てられないものを、会社の倉庫で十年預かろうと言ってくれたので、思っていたよりも多くのものを残すことができた。

中学はもちろん転校。

子供の頃から親しんでいた友人達とも別れることになった。

みんなは手紙を書くと、メールも電話もすると言ってくれた。養護施設は都内だったので、時々会ったりもした。

ただ、それが続いたのは中学を卒業するまで、だ。

子供にとって、『学校』というのは世界だ。

違う世界の住人とは、だんだんと話が合わなくなってしまう。

学校で流行《はや》ってるものが違う。口に出す友人の名前が違う。勉強の内容も違う。

親の愚痴を口にしては、しまったという顔をされる。買い物に行こうと誘われて一緒に出掛けても、親から小遣いをもらっている彼等と、将来のために遺産を残しておかなければならない俺とでは、金の使い方が違う。

結局、受験勉強を理由に疎遠になり、高校に入学すると同時にメールも来なくなった。

彼等も新しい世界に馴染むことで忙しくなってしまったのだろう。

俺も、高校に進学した。

あの夜、お金がないから公立にと言われた言葉が身に染みる。

親の遺産は、田舎の土地を売ったお金と、祖父母の遺産と両親の保険金と貯金。全部合わせると五千万近くあったが、税金を引かれると四千万程度。

そこから葬式や引っ越しのお金を差し引いて、更に生活費も引く。

中学は義務教育だからいいけれど、高校からは学費がかかる。大学もだ。

でも、持っているお金が増えることはない。アルバイトができるようになるまで、大切に使っていかないと、あっという間になくなってしまう。

養護施設にいられるのは高校卒業までなので、大学生になってからは自分で部屋を借りなければならず、生活費は跳ね上がる。

高校では、友人は少なかった。

大学ではもっと少なかった。

お金を使わないようにしなければならないから。

お金を稼がなくてはならないから。

大学を卒業して、就職し、今は会社員だ。

その間も、黒川はやってきた。

「志望校に入学させてやろうか？」

「足りない金を出してやろうか？」

「遊びに行かないか？」

「美味《うま》いものを食べに行こう」

「旅行はどうだ。海外でもいいぞ」

「女にモテたいとは思わないか?」

悪魔の誘惑、ってことなんだろう。

でも、彼が持ち出す話には興味がなかった。

俺の望みは、自分が楽な暮らしをすることじゃない。

亡くなった両親が、『良い人』であったことを、皆に知らしめること。それだけだ。

生んでもらって、育ててもらって、俺は何にも返してあげることができなかった。普通に生きていたら、大学を卒業するまでは好きに暮らして、社会に出てから恩返しができるはずだった。

でも、何一つしてあげられなかった。

今から何かしてやろうと思っても、できることはない。二人は、死んでしまってどこにもいないのだから。

けれどたった一つできることはある。

俺がまっとうな人間になることだ。

俺がちゃんとしていれば、亡くなった両親が『良い人』であったことを証明できる。こんないいお子さんが育ったのは、親御さんがしっかりしてたからね、と言ってもらえる。

亡くなって、本人達は何もできないけれど、俺が二人の鏡になれる。

一人生き残ってしまった俺が、二人にできるただ一つのことだ。

だから、勉強は真面目にした。成績も優秀で、生活も規則正しかった。

高校も、大学も、自力で入らなければ意味がない。お金を稼ぐのだって、正しい労働の対価でなければだめだ。

健康にも気を付けて、無駄遣いもしない。

楽しんではだめ、とは思わなかった。まっとうな人間は、人生を楽しむものだ。俺がガチガチに後悔で固まっていたら、きっと両親も悲しむだろう。

高級料理じゃなくても、美味しいものは食べられる。

海外に行かなくたって旅行は楽しめる。

自分の身の丈に合った娯楽はする。

自分で料理をするのは楽しかったし、古着を買ってカスタマイズするのも楽しい。

一人でふらりと電車に乗って、知らない街に行くのだって楽しいし、近所を散歩するのも楽しい。

大学に入ると同時に移った六畳四畳半のコーポだって、自分の城だ。

黒川の誘いなんて、全く必要ないものだ。

とはいえ、一度だけ黒川の誘いに乗ったことはあった。

契約したわけではない。

一度限りの取引をしただけだ。

今でも、あの時のことは後悔している。あんなこと、するんじゃなかった、と。

大学に合格し、高校卒業が迫った頃、俺は施設を出ることが決まっていて、部屋探しに苦労していた。

両親も親族もいない養護施設の、しかもまだ十代の子供に部屋を貸してくれるところがなかったからだ。

保証人は施設の園長がしてくれることになっていたし、お金を払えば保証人を雇うこともできる。

お金はまだ貯金が残っているので不安もない。

でも、世間の風は冷たかった。

早く部屋を決めないと行く先がない。

両親がいない子供は特例で二十歳まで施設に残ることができるし、独立支援センターで部屋を借りるという方法もあったけれど、俺はどうしても一人暮らしがしたかった。

施設では、ずっと二人部屋だったからだ。

どの方法を取っても、大学卒業まで面倒見てくれるわけではない。途中で、また部屋を探すことになる。

けれど大学に入ったら、きっと勉強やアルバイトが忙しくて、今以上に部屋探しにかける時間はなくなるだろう。

だからどうしても、大学入学までに住むところを決めたかったのに……。

「養護施設出か、難しいね。働くっていうなら勤め先の人が保証人になってくれるんだろうけど、学生さんとなると、どうしても大家さんが心配してねぇ」

「保証人は施設の園長がなってくれます」

「収入がない、っていうのがネックなんだよ」

「貯金はあります」

「貯金だけだと、底をつく可能性があるでしょ。風呂ナシならあるけど、それじゃだめかな？」

不動産屋の答えは似たり寄ったりだった。

贅沢《ぜいたく》と言われても、ユニットでいいから風呂がある、二間の部屋が欲しかった。二間がだめでも、広い部屋か収納のある部屋だ。父さんの会社の倉庫に預けてある荷物を引き取るためにも。

でも俺に許されるのは安い、借り手の少ない物件ばかり。

世の中って、こんなに冷たいものだったのか？　もっとあったかいものじゃないのか？　サポートシステムだって、あるんじゃないのか？

「大変申し訳ないけど、ちょっと大家さんが……」

不動産屋が親身になってくれても、大家に話が通った途端断られることが多かった。

いい加減何とかしなくちゃマズイという二月の終わり、俺は週末にまた不動産屋を空振りし、途方に暮れて公園のベンチに腰を下ろしていた。

カフェや喫茶店に入る金ももったいなかったから、寒さに耐えてそこにいた。

冬の早い日が暮れると、ベンチに接してる尻が冷たくなる。手も足も、寒さで痛みを感じる。それでも、そこから動けなかった。

頑張って勉強した。素行だってよかった。施設での評判も『いい子』だった。

それでも、初めて会う人、会ったことのない人の評価はこんなものか。身許《みもと》を保証する大人がいない、働いて金を稼いでいない。それがそんなに大切なことなのか。

普段は可哀想な子供には優しくとか言うクセに、自分が不利益を被るかもしれないと思うと、背を向けるのか。

悔しくて、涙が零《こぼ》れそうだった。

このまま住むところが決まらなかったらどうしよう。もう条件の悪いところでもいいから、どこかに決めるべきだろうか？

でもそうすると、預かってもらっていた荷物を引き取ることはできないかもしれない。風呂がない部屋では、遅くまでのバイトを入れることはできないだろうし、銭湯の金も余計にかかる。

どうしたらいいんだろう。

俺は背を丸め、握り締めた自分の手をじっと見つめた。

「困ってるな」

隣に、黒川が座る気配がする。でも俺は顔を上げなかった。

「契約はしない」

「私と一緒に住まないか?」

「住まない」

この時で、彼との付き合いは四年になっていた。

その間、黒川はずっと側にいた。

ずっと変わらず、俺に声をかけ続けていた。

昔の知り合いだった大人達が消えても、中学の友人達が去っても、高校の友人達が疎遠になっても、施設で同室のヤツが変わっても。

黒川だけはずっと変わらなかった。

「寒いだろう」

ふいに、隣から伸びた腕に抱き寄せられる。

「可哀想に」

悪魔のクセに、抱き寄せてくれた身体は温かかった。

かけてくれた声も、いつもと違って優しかった。

「お前だけがこんなに辛い目に遭わなければならない理由など一つもないのにな」

落ち込んでいたから、他人の冷たさに泣きそうになっていたから、黒川からもう一方の腕が伸びて抱き締められた時、思わず俺は泣いてしまった。

「な……んで、だめなんだよ。頑張ってるのに。ちゃんとしてるのに」

「うん」

「遊んでもいないし、ちゃんとした大学に通うって説明もした。お金だってあるって言った、なのになんで……」

「うん」

両親を失ってから初めての抱き締められる感覚に溺れてゆく。

こいつは悪魔なのに。慰める言葉にも感情なんてこもっていないはずなのに。繰り返す、肯定するような『うん』が愚痴る自分を許してくれてる気分にさせて、涙が止まらない。

「律。それでも私と契約はしない？」

「……しない」

「では取引ならどうだ？」

「……取引？」

「お前の中にある、その美しい炎を味わうことができなくても、外からお前を鑑賞することはできる。お前の心を、少しだけ見せてくれたら、お前の望みを叶えてやろう。お前の心の動く様を、私に見せてくれ」

心の動く様……。

自分が、黒川の前で泣いたのはこれが初めてだった。愚痴を零すのも、多分初めてだと思う。最初の時、追い詰められて泣き叫ぶのを見るのが楽しいと言っていたっけ。

では俺がもっと泣いたらいいのか？

「タワーマンションの最上階にお前の部屋を用意してやる、と言っても受け入れないだろうな。私もお前という人間がよくわかってきた。律が何を考えていて、どこまで望むか、ちゃんとわかっている。だから、こういうのはどうだ？」

黒川は俺を抱き締めたまま言った。

「私がお前の保証人になってやろう。お前の望む部屋をお前に貸すように、持ち主の心を動かしてやろう。それ以上は何もしない。奇特なことに、お前は少ない自分の金を使うことに矜《きよう》持《じ》を持っているようだからな。きっと、その炎の美しさはお前のその誇り高さも入っているのだろう。だとしたら、それを汚さない方がいい」

保証人と望む部屋。

悪魔は、人の弱みに付け込む。

俺が一番欲しいものを知っていて、俺が譲歩できる程度の褒美をちらつかせる。

ただ泣くだけで前に進めるなら、それでもいいんじゃないか？　もう泣き顔は見せてしまったのだし、契約じゃなくて、一度だけのことなら……。

「本当に……契約じゃない……？」

「ああ」

「一度だけ？」

「ああ。約束しよう」

「悪魔の約束なんて信じられない……」

「何を言う。悪魔の約束こそ信じるべきだ。神など、約束すらしてくれないではないか」

「神様……、いるの？」

「そのような概念の者はいるさ。私だって、本当は悪魔ではないかもしれない。ただ、お前達が悪魔と呼ぶ概念に近い存在というだけだ」

悪魔じゃないかもしれない……。

神様もどこかにいる。

ぐらぐらに揺れていた俺の気持ちが、更に大きく揺れる。

「ほんの一時間程度、私の前で『啼《な》いて』みるか？　私は見合った分しか受け取らない。それ以上は奪わないと誓おう」

一時間だけ、という言葉も、背中を押す。

「契約しなくてよくて、一時間だけなら……」

俺は、弱ってた。

認めるとも。

ずっとずっと頑張ってきて、頑張れば認めてもらえると信じてたのに、自分の力ではどうにもならないことがあると突き付けられた。

それに、あの時はまだ社会を知らない子供だった。黒川のことも、自分のことすら気づけない子供だったんだ。

「私はね、長く生きているから色んなことがわかっている。人に追われないためには、『人』としての地位を得る方がいい。組織に入るのはさらさら御免だが、組織に属していなくとも、人間を信用させる方法がある。それはね、金持ちかどうか、さ」

そう言って彼が俺を連れて行ったのは、彼の家だという高級マンションの一室だった。

「ここに住んでる、というと大抵の者は私を認める。『住まい』があるというのは大事なことだ。だから律は困ってるんだろう？　『住まい』を決められなくて。信用を得られなくて」

テレビでしか見たことがない広い部屋。

ふかふかの革張りのソファに黒いガラスのテーブル。ガラスの細工物が飾られたキャビネット。窓からは街が見下ろせる。

家具は黒いものが多く、飾り物は透明か薄い青が多い。

「凄い部屋……」

「気に入ったかい？　ここに住んでもいいんだよ？」

「住まない」

断ると、彼は笑った。そう言うと思った、という顔で。

「あの施設を出たら、逃げ帰る先がなくなるだろう。私はずっとここに住むから、いつでも訪ねておいで」

「契約はしないよ」

「時間はたっぷりある。焦ってはいない。それに、お前が荒《すさ》んだ生活をして、その炎が曇るのはいただけない」

「黒川にとって、俺はそこに飾ってあるガラス細工と一緒なんだ」

「とんでもない。あれは替えがきくものだ。律は唯一無二の存在。全く違うさ」

誰かに必要とされたいという気持ちもあったのかもしれない。

彼の、『唯一無二』という言葉が嬉しかった。

「お腹空《す》いてないか？」

「帰ったら施設で食べる」

「喉は渇いてないか？」

「渇いてない。早く帰りたいから、さっさとしよう」

「そうだな。では、おいで」

黒川は、ソファに座って俺を呼んだ。

離れたところに座っていた俺は、呼ばれるまま彼の隣に座った。

「まず先に、私がお前に提供するものについてはっきりさせておこう。人がお前に保証を求める時、私が保証人役を請け負う。律は住みたい場所を自分で探す。その契約の時に、一緒に行ってあげよう。明日でどうだ？　学校はもう休みだろう」

「うん」

「では明日の昼にまたここへおいで。一緒に行こう。もちろん契約外で、食事もしよう。食べたいものを考えておくといい」

黒川は優しく微笑《ほほえ》んだ。

「……ありがとう」

騙されてしまった。

ちょっと変わってるけど、いい人なんじゃないかと思ってしまった。

あんなにも拒んで、警戒していたのに、一瞬の隙を突かれて、感謝の言葉まで口にしてしまった。

　でも、黒川は人間じゃなかったのだ。

「では、私の欲しいものもいただこう」

「もう泣く理由は……」

　黒川の手が俺の頭の後ろに回って引き寄せる。

　目の前に黒川の顔、そして押し付けられる唇。

「何……っ！　ん……」

　驚いて声を上げるために開けた唇から舌が入ってくる。

　キス、された。

　キスされてる。

「んん……」

　濡《ぬ》れた柔らかいものが、口の中を動き回る。

　逃げようとしても、しっかりと頭を捕らえられ、逃げることができない。

　抵抗しようと、迫ってくる彼の身体を押し戻そうとしたが、ビクともしなかった。

　口の中の舌を押し出そうとした俺の舌に長い舌が絡んでくる。

　開けたままの口の端から唾液が零れそうになった。

「やめ……」

ようやく舌が引き抜かれて唇が離れたと思ったら、舌は耳を舐《な》めた。

「やめろ……っ！」

耳の穴に舌を差し込まれ、ゾクリとする。

「何すんだよ……」

「何って、対価をもらっているだけだろう？」

首筋がペロリと舐められ、また鳥肌が立つ。

肌が、ざわざわする。

「騙したな！」

「騙す？」

顔を逃がすと首が無防備になる。首を隠そうとすると彼の方を向いてしまう。

「泣けばいいって言ったじゃないか。涙を見せればいいって」

「啼いてくれ、とは言ったが涙を見たいとは言っていないな」

「そんなのどっちだっていい。泣くのにキスなんか必要ないだろう！」

黒川はやっと少し離れ、俺の目を見て笑った。

さっきの優しげな笑みとは違う。ゾクッとするような勝ち誇った笑みだ。

その時、俺は自分が失敗した、と感じた。

「ああ、『啼く』の意味を取り違えていたのか。私の言った『啼く』はね、いい声で『啼いてくれ』という意味だよ」

「啼く……？」

「ああ、わからないか。それじゃ、教えてあげよう」

言うなり、黒川が吸血鬼みたいに首に食らいつく。

牙を立てるわけじゃない。いや、牙を立てられた方がよかった。それならただ痛いだけだから。

黒川は俺の首を舐めまわし、吸い上げた。

当然キスも初めてなら、他人に首を舐められるのも初めて。性的な刺激に弱い年頃の俺の身体は与えられる刺激に反応し始める。

子供じゃないから、キスされたらその次にされることは想像がつく。想像した途端、身体が震えた。

嫌だ。

絶対に嫌だ。こんな一方的にイタズラされるようなこと。

でも黒川の手は容赦なかった。

重ね着していたシャツをパンツから引っ張り出し、裾から中に滑り込む。冷たい手が、俺の胸に触れる。

男なんだから胸ぐらい触られたって何ともないと思ったのに、やわやわと撫《な》で、乳首を摘ままれると、身体の中の感覚が引きずり出されてしまう。

「う……!」

ざわざわが止まらない。

神経が股間に集中する。

「声を上げていいんだよ」

耳元で黒川が囁《ささや》く。

「当然の反応なのだから」

それを聞いて、絶対に声など上げるものかと唇を嚙《か》み締めた。

「初めて見る表情だ」

嬉しそうな声。

「さっき、泣き顔をどうこう言ったが、それはもう見た」

「嘘《うそ》だ……。俺はお前の前でなんか……。あ……っ」

口を開かないようにしていたのに、つい反論してしまった唇から鼻にかかった声が漏れてしまう。

「私の前では泣かなかったが、葬儀の後に泣いていただろう。あの時に見たよ。怒った顔も、笑った顔も、みんな見た。だが快楽に溺れる顔はまだ見たことがなかったからな」

もう一度、思いきり黒川を押し戻し立ち上がって逃げようとした。何とか立ち上がることはできたが、腕を捕らえられ、引き戻された。

彼の膝の上に。

「了解しただろう？　約束を破ってはいけないよ」

「こんなこと許してない。こんなことするなんて言わなかった」

背後から抱き締められ、シャツのボタンが外される。

「きちんと確かめなかったのは律のミスだ。私は嘘はついていない。言わなかったことは嘘をついたことにはならないからね」

「卑怯《ひきょう》だ！」

下に着ていたシャツの中に再び手が入り、俺を苛《さいな》む。

両方の乳首をグリグリとされて、股間に熱が集中してくる。

「離……せ……」

「いい声だ」

「やだ……っ。やだっ！」

股間に手が伸びる。

ズボンの上から膨らみに触れられる。

反応してることを知られるのが屈辱で暴れたのだけれど、黒川の力は強かった。俺だって非力なわけじゃない。普通の人間相手なら逃げられたはずだ。

でも黒川の腕は拘束具のように俺を捕らえて逃さなかった。

ズボンのファスナーが下ろされる。

中に手が入る。

下着の中から性器が引き出される。

それを、自分の目が見ていた。

黒川の、長い指が俺のペニスを摑んで、握って、撫でさする。

その光景と与えられる刺激に、息が上がる。

「感じろ。感じて、声を上げるんだ。最後まではしない、律はまだ子供だからね。私が我慢しよう」

偉いだろう、褒めて、というように言ってから、悪い声で続ける。

「でも、律はイけるほどには大人だろう？」

嫌だ、嫌だ、嫌だ。何度も心の中で繰り返すが、意思に反して感覚はどんどんと快感へ向かってゆく。

「あ……っ、や……っ。やめ……っ」

弄《いじ》られてる。

「ほら、恥ずかしかったら自慰をしてると思えばいい」

自慰なんてしたことない。二人部屋の施設では、そんなことできなかった。こんな刺激を受けるのは初めての身体に、性的な快楽が刻まれる。

握られることも、擦《こす》られることも気持ちいい。

「あ……、ン……ッ」

悔しいけど、気持ちいい。

それが情けない。

「律」

必死で耐えている顔を、彼が捕らえて自分の方に向かせる。

「ああ、いい顔だ」

くろかわのかお。

いままでもこれからも、ずっとそばにいるもの。

「愛《いと》しいねえ、美しい炎」

悔しい。

「愛してるよ、私の炎」

うっとりとした目で俺を見る漆黒の眼差《まなざ》し。

悔しくて、悔しくて、情けなくて、涙が零れる。

「泣かなくていいのに」

舌が俺の涙を掬《すく》う。

「う……っ。やだ、もう……」

包まれた手の中でどんどん大きくなってゆく、本能としての欲望。

俺は、彼にすがるように黒川のスーツを握り締めた。

ぎゅっと、子供のように。

「チクショー……」

ぽろぽろと涙を零す俺に、彼がキスをした瞬間、全身に走る痺《しび》れに負けて、俺は彼の手を汚した。

「う……っ……」

下半身の筋肉がヒクヒクと痙攣《けいれん》してる。密着してる黒川には、きっとそれも伝わっているだろう。

悔しい……。

脱力した俺の額に、黒川がキスする。

「いい声で、いい顔だった」

そっと離れて、タオルを持って戻ってくると、まだ剝《む》き出しのままの下半身に掛けてくれた。

「汚してもいいぞ。何なら風呂を使っていくか？」

乱暴に下半身を拭い、シャツの袖で涙を拭うと、俺は服を整えて上着を摑み、一度も黒川を見ずに部屋を飛び出した。

「明日は何時に来てもいいよ」

黒川は、慌てることもなくそう声を掛けた。

何で、ついてきてしまったんだろう。

どうして、あんなのを信じてしまったのだろう。

嘘をつかなくても、騙すことはできる。悪魔なんて、耳触りのいいことしか言わない。あいつの望みは俺と契約して、俺を食うことだけなのに。

悪魔は、人の感情の動く様を見るのを楽しむのだとも言われていた。怯《おび》えだけでなく、快感に溺れるのも楽しく眺めると言われていた。

全部、全部、わかってたのに、どうして……。

涙の跡もそのままに戻った施設で、無言のまま部屋に戻ると、担当官が様子を見に来たがまた部屋が借りられなかったと言うだけで、そっとしておいてくれた。

同室のヤツは親元に戻ることが決まっていたので、俺の苦労がわからなくてすまないと、これもまた放っておいてくれた。

上着だけ脱いで冷たいベッドに潜り込み、俺は自分の失敗を噛み締めた。

自分はこれから、強くならなくてはならない。

事実を認識した以上は、もう同じ轍《てつ》は踏まない。

そのためにどうすればいいのかを、ずっと考えた。

結果から言うと、俺は翌日黒川の部屋を訪れた。

どんなに辛くても、生きていくために必要なものは手に入れなければならない。

今自分に必要なのは、一人で住む部屋だ。

黒川が何かしたのか、身なりのよい大人がついてきて保証人だと名乗ったからか、新しい住まいはその日のうちに決まった。

もしかして、今まで断られ続けたのは俺が取引するように彼が裏で何かしてたのではないかと疑うくらい簡単に。

大学の近くにある、六畳四畳半のコーポ。

建物の真ん中に階段があり、左右に振り分けられた四つの部屋の二階の左側を借りることができた。

防音も利いて、お風呂も付いている。部屋は二部屋ともフローリングで、キッチンは四畳半の部屋と仕切られていないので、実質１ＤＫなのだが、キッチン分に二畳のスペースが付いているので広さは十分。

備え付けのクローゼットまであった。

家賃は想定よりちょっと高かったけど、大学に入ればアルバイトができるので、何とかなるだろう。

大学の四年間をそこで過ごし、社会人になった今も、同じ部屋に住んでいる。

因《ちな》みに、就職の時の保証人も、黒川にさせた。

同じ取引をしたわけじゃない。

あの時の取引は『一度だけ』とは言っていない。保証人になると約束したはずだ、と今度は俺が押し切った。

勤め先はウェブ系のデザイン会社『ウォーター・リリー』で、デザイナーではなくディレクターのアシスタントとして働いている。

ウェブディレクターというのは、プログラマーやデザイナーなどを纏《まと》めて、仕事の進行をスムーズにする仕事だそうだ。

入社した時は事務職を希望していたのだが、研修期間中に上司に気に入られて配属された。

仕事内容は、簡単に言えば雑用係。

あそこへ行ってこい、あれを調べてこい。資料を集めろ、挨拶に行くぞ。

上司の上田《うえだ》さんはとてもアクティブな人で、自分も動くがアシスタントの俺も色々やらされた。

自宅で一日調べものをすることもあれば、一人で地方の会社に挨拶にも行かされる。

「森永は真面目だってすぐわかったよ。ただ真面目なだけじゃなく、ものを考えてるところがいい。こんだけコキ使っても文句も言わないしな」

上田さんはコキ使うけれど、その分優しくもしてくれた。飲みに連れて行ってくれたり、勉強用に古い資料をくれたり。

それに、時間が不規則なのは俺にとって都合がよかった。

家で調べ物をしているということで、出掛けることができるからだ。

言われた締め切りまでに仕事を上げれば、上田さんは俺の行動にはうるさくなかった。

なので、その間に、俺は自分のしたいことができたのだ。

俺のしたいこと。

それは、両親を殺した事故の犯人を探すこと、だ。

黒川が言っている俺の中の炎というのは、きっとそのことだろう。

口には出さなかったが、俺は、ずっとあの男を探していた。

事故の時には、破損の酷《ひど》い車での逃走だし、車通りの少ないところでの事故だから、どこかの防犯カメラに引っ掛かればすぐに犯人は捕まるだろうと言われていた。

けれど、何日経《た》っても、何カ月経っても、何年経っても、犯人は捕まらなかった。

もちろん自首もしてこない。

両親の事故はニュースとしてテレビや新聞でも報道された。事故の結果、二人の人間を殺してしまったことを犯人は知ったはずだ。

なのに逃げたままなのだ。

「あの辺りは農作地だから防犯カメラが少なくてね。農家の倉庫や大型のショッピングセンターにはあるんだが、それには何も映っていなかった。高速でも、それっぽい車は走ってなかった」

担当した刑事さんが言った。

「近くの修理工場もあたったけど、事故車を運び込んだ形跡はなかった。天に飛んだか地に潜ったかって感じだよ、申し訳ない」

父さんより年のいった刑事さんは、わざわざ施設まで来て報告してくれた。

「現場に落ちていた破片から車種の特定はできた。ベンツのＳＬクラス、一千万以上する車だ。だからすぐに持ち主がわかると思ったんだが」

「見つからないんですか？」

「ああ」

「それってどういうことなんでしょう」

「違法に手に入れた車か、修理が済んでるか、廃車にした時期を偽ってるか、だろうな。どの方法をとってるにしろ、金持ちのしわざだろうとは思う」

刑事さんも、逃げ続ける犯罪者に怒りを覚えているようだった。

けれど、刑事さんが俺を訪ねてくれたのは二回だけ。

あとはもう連絡もなかった。

迷宮案件になってしまったのだろう。

それがわかった時から、俺は自分で犯人を探したいと思うようになった。

と言っても、警察が調べてわからなかったものを、未成年の俺が見つけられるわけがない。

本格的に調べるというより、頭から離れないと言うべきか。

中古車の販売店を見かけると、言われた車種の車を探したり、解体業者にその時期解体を頼まれたことはないかと訪ねたり。

地図を広げて、事故現場からカメラや人目を避けて逃げられるルートはないかと探してみたり。

犯人の顔は覚えていたから、人の顔をよく見るようにもなった。

でも、やはり犯人を見つけるなんてことはできなかった。

「契約したら、探してやってもいいぞ?」

相変わらず黒川が誘いをかけてきていたが、当然無視だ。

ただ、黒川が俺の部屋を訪れることは容認するようになった。

何も求めないし、契約はしない。

彼の部屋は訪れない。

でも、帰ってきた時に黒川がいても、叩《たた》き出したりしなくなった。というか、元々叩き出すなんてできないんだけど。

彼がいても、怒ったりしなくなった。

苛ついたりもしなくなった。

「一人は寂しいだろう？」

そこにいることを許し、ほんの少しなら触れることも許した。手が触れ合うとか、頭を撫でるとか、その程度だけ。

それ以上をしようとしたら、二度と口をきかないと言ったら、今のところ守ってくれている。

正式に契約をしたい相手には、行儀がいいのかも。もっとも、信用はできないが。

黒川のためのコップが、俺の部屋に置かれるようになった頃、上田さんがいつものように山ほど雑誌をくれた。

「何でも目を通しておけ。知識は無駄にならない。他人の言葉は一度は頭に入れておくべきだ。使える時もあるし、否定の材料にもなるからな」

女性誌、ファッション誌、ビジネス雑誌にマンガまで。自分が読んだ本を処分代わりに俺に渡すのだ。

捨てとけってことかもしれないが、まだ給料の安い自分にとっては、タダで手に入る貴重な資料なのでありがたい。

「コーヒーを淹《い》れてやったぞ」

雑誌を読み耽《ふけ》っている俺に、友人のように黒川がカップを差し出す。

「バニラフレーバーのコーヒーだ」

見返りを要求しないささやかな贈り物の持ち込みも、最近は許していた。

「ありがとう」

相手が誰であっても、何かをしてくれた相手に礼は言う。

『ごめんなさい』と『ありがとう』は、きちんと口に出す。そう『親』に躾《しつ》けられていたから。

「今日は何を読んでる？」

「雑誌」

「何の雑誌かと訊いたんだ」

「答えなくてもわかるくせに」

「律は愛想がない」

「お前に見せる愛想は、最初からないよ」

読んでいたのはビジネス系の雑誌だった。

色んな会社の社長のインタビュー記事が載ってるやつだ。上田さんは、この中の誰かがクライアントになる可能性があると言っていた。だから、いつかクライアントになった時、『あの雑誌に載ってるの読みましたよ』と言うために読むのだそうだ。

本人じゃなくても、その関係者との話題になるだろう『御社の社長が……』と。

自分がここに書いてあるようなことを話題にするのは、まだまだ先の話だろう。まあ、他人の考え方を知るのは面白いからいいけど。

渡されたカップから漂う、コーヒーっぽくない甘い香りが鼻先に届く。

そのカップに口をつけようとした時、俺は手を止めた。

「律？」

血の気が引く。

広げた雑誌に載った大きな写真を、食い入るように見つめたまま、動きが止まる。

「どうした？　顔色が悪い」

「……見つけた」

ざわり、と全身が総毛立つ。

オールバックにした髪、太い眉。大きく載った写真では笑っているから細められた目は、別の写真では大きくて、目の下の袋が目立つ。

何より、その両方の写真に、はっきりと口元のホクロが写っている。

頭の中に、消えることのなかった映像が浮かぶ。

青白い光の中に浮かび上がった顔。

驚き、戸惑い、怒ったように険しくなった、あの黒い車の運転者の顔が、目の前の写真の男にスライドする。

「律?」

間違いない。

この男だ。

「どうしたんだ」

この男が、あの時の男だ。

「律」

黒川が、まだ握っていたカップを俺の手から取り上げる。

「『それ』か?」

「こいつだ……」

「お前の怒りの対象か」

雑誌を見つめたまま固まっている俺を、黒川がそっと抱き締める。

「離せ。抱き着くのは許してない」

「抱き着いているのじゃない」

「炎を愛《め》でてると言うんだろ。とにかく、俺に触れるな」

「そういうつもりでもないのだが……」

雑誌の記事には、その男の名前と経歴が記されていた。

吉澤茂《しげる》。吉澤不動産の社長。

祖父が元大蔵省、現財務省の大臣官房の官房長で、父親が吉澤不動産を立ち上げた。

母親の実家が大地主だったので、結婚後その土地の管理のために始めた不動産業だったが、今は都心に幾つものビルを所有している管理会社としても有名だとある。

金持ちだ。

権力にパイプのある、大金持ちだ。

頭の中で色んなことが高速で巡ってゆく。

あの事故から、もう十年近く経っている。十年前、この男は幾つだった？

写真に年齢は書かれていないが、見た目からは四十代ぐらいに見える。だとしたら、三十代？

まだ社長ではなかっただろうが、一千万の車を買ってもらえる家ではあったろう。

祖父とはいえ、権力者に繋がりがあって、金を持っているなら、事故をもみ消すこともできたかもしれない。

警察がグルとは思わないが、そのもっと上で話がついていたら……。

刑事ドラマじゃあるまいし、そんなことが現実にあるだろうかと疑いながらも、勝手に筋立てができあがってしまう。

バカ息子が事故った。責任を取りたくなくて逃げた。親も面子《メンツ》があるから、息子の不始末を全力で隠し、逃げ果《おお》せている。

鼓動が激しくなり、心臓が痛くなる。

額に嫌な汗が滲《にじ》んだ。

「律」

黒川が軽く俺の頬を叩く。

「……大丈夫だ」

「どうする。その男を殺すか？」

「殺す？」

突然の言葉に、やっと雑誌から目を離し、彼を見る。

黒川は冷酷な笑みを浮かべていた。

「その男がお前の両親を殺した男なのだろう？　お前が憎んでいる相手だろう？　私と契約すれば、私がその男を殺してやろう」

『殺す』という恐ろしい言葉が、さらりと出てくる。こいつはそんな男だ。

悪魔、なのだ。

「絶対にするな。まだそうだと決まったわけじゃない」

「間違いないんだろう？」

「まだわからない。似ているだけかもしれない」

確信はしている。

グラついたりもしていない。

でも万が一、はある。

「確かめる」

「どうやって？」

「直接見に行く」

こんな雑誌に載っているくらいだ、どこに行ったら会えるかを調べるのは難しいことではないだろう。仕事のお陰で調べ物は得意になったし。

「会わせてやろうか？」

「何もするな。これは俺の問題だ。黒川は何もしなくていい」

もう一度、黒川が俺を抱き締める。

「わかったよ。律がそういうなら、お前が望まない限りおとなしくしておこう」

今度は、その腕を払いのけなかった。

甘えたわけじゃない。

心の底から湧き上がってくる複雑な感情が身体を震わせるから。それを止めるために、彼の腕を利用した。

でないと、叫び出しそうだったから……。

吉澤《よしざわ》不動産の場所は、すぐにわかった。

都心の一等地に、自社ビルを構えていた。

雑誌を見た翌日、俺は昼休みを使って早速会社へ向かったが、そこで吉澤を捕まえるのは無理だとわかった。

ただ吉澤が本当にあの男かどうか確かめるだけなので、アポイントを取って会うことはできない。

もし正式に申し込んでも、俺ごときでは社長にまでは届かず、よくて広報担当に通されるぐらいだろう。

巨大なビルの駐車場は地下で、もしも吉澤が現れてもその車を特定することも本人を見ることもできない。

そこで俺は吉澤の自宅を調べることにした。

詳しく調べてみると、吉澤は週に二回ぐらいしか出社しないらしい。特に月曜日だけは、定例の重役会議があるので必ず出社する。

乗ってる車は二種類あって、高級外車と高級電気自動車。どちらに乗るかは気分次第。

運転は自分ではせず、運転手がいる。

もしかして、事故以来ハンドルを握らなくなったのだろうか、と思ったが、そうではなかった。

仕事で使う車は二台だし運転手がいたが、プライベートで乗る車はもっとあって、自分で運転する。

吉澤の行きつけのクラブを突き止めたので、そこのホステスに聞き込んだ。

驚いたことに、吉澤は酒を飲み、自分の持ってる車を自慢したいがために酔ったままホステスを乗せて帰ったことがあったそうだ。

その時軽い追突事故を起こし、金で雇った者に代理出頭させたことすら、自慢話にした。自分は、上級市民だ。警察なんぞに捕まらない人間だ、と嘯《うそぶ》いて。

「私が言ったって言わないでよ。ま、私の言葉だけじゃ吉澤さんが捕まるわけないだろうけど」

女性はそう言って、話してくれたことへの謝礼を受け取った。

吉澤の出身校から学生時代の友人を探しだし、大学、高校と遡って中学、小学校までがわかると、今度は学区内で『吉澤』の家を探した。

大金持ちの家は大きくて人の口にも上りやすいので、すぐに特定できた。

大きな門のある、大谷石《おおやいし》の塀に囲まれた屋敷だ。

そこで、俺は月曜の出社時間に彼が出てくるのを待ち構え、その顔を確認した。

そして自分の記憶が正しいことを再び確信した。

「人間というのは不思議なものだ」

黒川《くろかわ》が言った。

「何もかもを覚えているわけではないが、強く焼き付けた記憶は色褪《あ》せることなく覚えている。特に目だな。肉眼で見る月を写真に撮ると、その大きさの違いに驚くそうだ。人間の目は勝手にズームもできるらしい。だからお前は、遠くから見たはずのあの男の顔を鮮明に覚えているのだろう」

そうかもしれない。

カメラやスマホで写真を撮っていても、ピントがボケたり画像がブレたりしたかもしれないが、俺の目は、はっきりと吉澤の顔を見ていた。

「どうする？」

吉澤の顔を確認し、出社して仕事を終えてから戻った部屋。

黒川はずっとついてきていた。

いつもは二十四時間くっついているわけでも、毎日顔を見せるわけでもないのだが、吉澤のことがわかってからは毎日やってくる。俺が何かをする、と思って興味津々なのだ。

「憎いんだろう？」

いつものように、ベッドの上に腰掛けて、床に座っている俺を見下ろす。

「律《りつ》の両親と同じ目に遭わせてやってもいいのに」

「それって、殺すってことだろ。それはしないって言ってるじゃないか」

「何故？　人間の法にもあるじゃないか、『目には目を、歯には歯を』」

「ハンムラビ法典？」

「あれは確か、殺人には殺人だったはずだ。妻の弟を殺されたら、相手の妻の弟を殺していい、とか」

「本当に？　いい加減に言ってるんじゃないの。そんな酷《ひど》い法律なんてないだろ」

「酷くはないだろう。奪われたものと同じものを奪うんだから」

「それで殺されちゃう『妻の弟』って人が可哀想《かわいそう》だ。関係ないのに」

「だがあの男は関係あるだろう。律の両親を奪った本人だ」

黒いスーツを着た美形の男は、何年経《た》ってもこの部屋に似合わないな。まるでＣＧで出現させたみたいで現実味が薄い。

「契約すれば、殺してやる」

「だから、絶対にそれはしない。俺は殺人者になりたくない」

「殺すのは私がしてやる。お前は手を汚さなくていい」

俺はため息をついた。

やっぱり黒川は俺とは違う。別の生き物だ。

「わかってないな。黒川が殺しても、それを願って命令したのが俺なら、俺は殺人者だ。俺がしたいことは吉澤を殺すことじゃない」

「そんなに怒ってるのに？」

怒って……。いるんだろうか？

もうよくわからない。

「黒川にはわかんないよ」

「わからんな」

彼はあっさり認めた。

「だが契約し、魂を重ねれば理解できるかもしれないぞ。感情が共有できる」

「別に理解してもらわなくてもいい」

「つれないな」

黒川がベッドから降りて、俺の隣に座った。

香水をつけているのか、少しいい香りがする。

前に何かで読んだことがある。悪魔はいつも美しいものだと。醜ければ人間は誘惑に乗らないだろう。美しいから、惹《ひ》かれるのだ。

本性を醜く描くのは、悪魔に傾倒しないようにという戒めのためなのだと。

黒川は、誰が見てもモデルのようなイケメンだと言うだろう。

俺は普通だ。

彼と比べるとか比べないとかではなく、とびきりのイケメンでも、とびきりのブサイクでもない。十人並みってやつだ。

「どうした？　じっと見て」

「美形だなと思って」

彼がにこっと笑う。

感情がよくわからないというのに、笑うことはできるのが不思議。条件反射みたいに、筋肉の動かし方を覚えてるだけなのかな。

「この顔は気に入ってるか？」

「別に。今のは単なる感想」

「私は律の顔を気に入ってるが、望むならもっと美しくしてやれるぞ」

「冗談。俺はこの顔好きなの、父さんと母さんからもらった顔だもん」

「私もその顔がいいと思うから、よかった」

褒めたわけではないだろうけど、気に入ったと言われて悪い気はしない。

「この顔のどこが気に入ってるの？」

「目だな」

黒川の手が俺の顔に触れたが、今は許した。

「眼球の奥底に知性と忍耐が見える。顔の作り全体にも、律の内面が表れていて可愛《かわい》い」

「男に可愛いはウソくさい」

「私は思ったままを言ってるだけだ。そうやって無表情でいることが多いが、時折笑ったりするのがいい。泣くのは二度しか見ていないが、あれもよかった。一番はやはり快感に吐息を漏らす……」

最後まで言わせず、頬にあった手を払い退《の》ける。

「もういい。今日はもう寝るから帰れ」

「つれないな」

「くだらないこと言うからだ」

「本当のことだ」

「黒川が気に入ってるのは、俺の炎とやらだろ」

「ああ、いいね。うっとりする。今も……」

彼の指が俺の心臓を示す。

「……ここにある。青白く燃えている。分離できないほど複雑な感情がからみあって、一つも汚れてない」

また彼の指を叩《たた》いて、俺は背を向けた。

「帰れ」

「律は恥ずかしがり屋だな。いいだろう。ではまた明日」

「明日も来るの？」

「暫《しばら》く一緒にいる。お前が何をするのか、見ていたいから」

心配とかではなく、興味、か。黒川らしい。

「では、おやすみ」

その一言を最後に、姿が消える。

こんなとこばかり人外っぽい。

そういえば、黒川が悪魔っぽいことをしたのは、最初に出会った時に変な宇宙を見せてくれたことと、今みたいに姿を消したり突然現れたりすることくらいだ。

その他は、普通の人間っぽい。

出会った頃は、彼から『異質』を感じていた。

どこか違う。何かが違う。見せる表情も冷たく、言動にも違和感があった。

けれどずっと一緒にいるうちに、彼は人間を学習したのか、俺の反応を覚えたのか、人間臭さが増している。

人を簡単に『殺そう』なんて言うところは、まだまだ人間らしくないけど。

極めて、人間っぽい。

見た目がよくて、優しい素振りを見せる。

そしてずっと側《そば》にいる。

着替えて、さっきまで黒川が座っていたベッドに入ると、微《かす》かに彼の香りがした。明かりを消して暗くすると、まだそこに黒川がいるみたいだ。

黒川を、頼っちゃいけない。

それは悪魔との契約云々《うんぬん》だけでなく、彼を頼ると、心が彼に傾いてゆくことを知っているからだ。

たった一度の取引の時、俺は黒川を信じて頼っていた。

ずっと一緒にいてくれる黒川を、いつの間にか人間のように好きになっていた。泣いてる背中に手を回されて、優しいと思ってしまった。

黒川が側にいてくれるのは、俺のことを好きだからではないのかと、誤解した。

キスされて、驚きの中にほんの少しだけ喜びを感じてしまった。

俺はバカだった。

寂しい子供で、愚かだった。

黒川は、『俺』という人間を好きなわけじゃないのに。彼にとって俺は単なる餌でしかなかったのに。

俺の中にあるという炎とやらが欲しいから契約を望み、契約して欲しいから俺が喜びそうなことをしているだけ。

側にいるのもそうだ。

契約を取るためにいるのかもしれないが、俺が孤独を寂しいと感じていることに気づいているのだろう。そして寂しさを埋めてやるぞ、というアピールをしてるのだ。

キスをしたのも、触れてきたのも、俺が好きだからじゃない。『人間』の反応を見るのが楽しかっただけ。

それに気づいた時、ショックを受けた。

ショックだと思ったことで、自分が彼を好きになりかけていたことにも気づいた。

くろかわのかお。

いままでもこれからも、ずっとそばにいるもの。

自分の、無意識の認識を突き付けられた。俺は黒川の顔を見るのが好きで、彼が今まで一緒にいてくれて嬉《うれ》しくて、これからもずっと一緒にいると信じてたんだ。

彼の目的が『炎』だけで、それが手に入ったらこんな平凡な俺なんか、すぐ飽きてしまうだろう。俺よりもっと綺麗《きれい》な『炎』を見つけたら、そっちに乗り換えて、姿を消してしまうかもしれない。

彼に、好意も愛情もないのに、自分だけが心を寄せていたことが悔しかった。

最初から全てわかっていたはずなのに、勝手に幻想を抱いて悪魔に縋《すが》っていたことが情けなかった。

けれど、あの時に気づいてまだよかったのかもしれない。

黒川を好きにはならない。

絶対に好きになってはいけないと戒めることができたのだから。

もっと好きになってから、現実を突き付けられたら、もっとショックだっただろう。

あの夜施設に戻ってから、俺は考えを変えた。

黒川は利用すべきものなのだと。あんな目に遭ったのだから、対価はきっちり貰《もら》う。俺だって、愛情があってされたわけじゃない。取引でされたことなんだから、取引を完遂させるべきだ。

自分も、ビジネスライクになるべきだ。

でももう取引はしない。

いついなくなるかわからない者に心を寄せない。

彼を側に置くのは、触れてくることに寛容になったのは、自分の寂しさを埋めるために利用しているだけだ。

ペットを飼ってるような、喋《しゃべ》る人形を置いてるようなものだ。

「俺はお前を好きにはならない」

暗闇に残る黒川の香りに向けて、俺は言った。

「俺はもう……好きなものを失いたくない……」

そう呟《つぶや》いてしまうことが、彼を好きだと認めることになることに気づいて、苦笑する。

彼に心があったなら。

彼が俺に示してくれたことが、彼の『気持ち』から出た行動だったなら。俺は彼を好きだと認められたかもしれない。

でも今のままでは、気持ちを向けられたわけでもないのに、ただ優しくされて、側にいてくれた人を好きになっただけ。

自分にも『心』がない。

この気持ちも、条件反射だ。

「……この気持ち、か」

もう遅いかもしれなくても、俺はもう一度繰り返した。

「黒川なんか、好きにならない」

そこにいない、彼に向けて。


犯人を見つけたらどうするのか。

俺はずっと前から決めていた。

なので、吉澤のスケジュールを調べようとしたが、社長の動向ということで、簡単には調べられなかった。

吉澤と会うためには、正面から行くしかないだろうか？

「スケジュールを調べろ、と言えば調べてやるのに」

「契約も取引もしない。自分の力でやる」

自分の力、というのは『待ち伏せ』だ。

簡単だが、一番確実な方法だ。

吉澤の家のすぐ近く、門の見えるところで、寒さに震えながら俺は待っていた。吉澤の車が戻ってくるのを。

まだ寒さの厳しい夜。厚着はしていても、外に立ってるだけで身体《からだ》が冷えてくる。

会社が終わって直行でここに来たけど、俺が来るより先に吉澤は家の中に入ってしまっただろうか？

今夜は遅いんだろうか？

わからないけど、ただひたすら待つしかない。

「寒いだろう」

「平気だ」

足踏みしながら答えると、ふいに温かくなる。黒川を見ると、ウインクされた。

「サービスだ」

余計なことを、と言いたかったが、明日も会社がある。風邪をひいて上田《うえだ》さんに迷惑をかけることはできないので、黙って享受することにした。

日が落ちてから随分と時間が経った。

今日はもうだめだろうか？　これ以上遅くなるとまずいな。風邪も引けないが、寝不足で出社もできない。

また別の日にしよう、と思った時、向こうから車が近づいてきた。

この間と同じ車だ。家の中に入るためにスピードを落としている。

俺は駆け出して、門が開く前に車の前に立った。

クラクションが鳴っても動かないでいると、窓を開けて運転手が怒鳴る。

「どきなさい！」

「吉澤さんに話があるんだ」

運転手は顔を引っ込め、後部座席に向かって何か言っているようだった。するとすぐに後ろの窓が少しだけ開く。

「何だね、仕事の話なら会社に来たまえ」

吉澤。

俺の胸の中には本当に炎があるのかもしれない。声を聞いただけで、それが燃え上がる気がする。

「あなたが、起こした事故のことについて話がしたいんです。十年前、G県で起こした衝突事故のことです」

窓が大きく開き、吉澤が顔を出した。

俺と、俺の背後に立つ黒川を値踏みする視線。

「何のことかはわからないが、寒い中私を待ってたんだ。少しくらい話を聞いてやろう」

何か合図をしたのか、門が開く。

吉澤はその場で車を降り、「車は車庫に回しておけ」と運転手に命じてもう一度俺達を見た。

俺は安手のコートに吊《つ》るしのスーツだが、黒川は襟元にファーのついた黒のコートを着ている。不本意だが、黒川がいるから、招き入れる気になったのかもしれない。

吉澤のあとから、敷石の上を建物に向かって進む。古いけれど、手入れのされた大きい家だ。代々の金持ちだと主張している。

ここからはガレージらしい建物は見えないが、奥の木々の向こうにもう一つ別の建物らしい屋根が見えた。

「失礼します」

どうぞ、も何も言わない吉澤に続いて、家の中に入る。こんなに広い家なのに、玄関先まで暖房が入っているのが、金持ちだと思わせる。

「お帰りなさいませ」

出迎えには、老婆が一人出てきた。

「タキさん、親父《おやじ》は？」

「本日はご会食だそうで、遅くなるとご連絡が」

その答えに、吉澤はチッと舌打ちした。

「客人だ。呼ぶまで誰も近づかないように」

「はい」

吉澤が俺達を案内したのは、玄関近くの応接間だった。

ゴブラン織のソファが置かれた、広い部屋。吉澤はさっさと奥へ進み、ソファに腰を下ろした。

少し苛立《いらだ》っているように見える。

「それで？　何が言いたいんだ？」

俺はコートを着たまま、立ったままだったが、黒川は近くのソファに勝手に腰を下ろした。

だが、俺も吉澤も何も言わなかった。

俺は無視していたし、吉澤は彼が何者だか探っているようだ。

「あんたが起こした事故で、人が死んだことは知ってるか？」

「私は事故など起こしていない」

「俺はあんたを見た。速いスピードで暗い道を走って、停《と》まっていた白い軽自動車にぶつかって、跳ね飛ばした。驚いてフロントガラスの割れた、ボンネットのひしゃげた車から降りて、あんたはその車を見た」

まざまざと思い出す、あの時の光景。

「車の前を回って、畑に落ちた車を覗《のぞ》き込んで、人が乗っているのもわかったはずだ。なのにあんたは……、自分の車に戻って猛スピードでバックして逃げた！　救助もせず！　通報もせず！　今日までずっと逃げ続けたんだ……！」

思い出して、つい声が大きくなる。

「律」

黒川が、落ち着けというように俺の肩に手を置いた。

「見ただって？　その事故は新聞で見たが、目撃者なんかいなかったはずだ」

「見てたよ。だから、俺が言ったあんたの行動に間違いはないだろう？」

吉澤は一瞬黙ったが、認めることはしなかった。

「週刊誌か何かの記者か？　証拠もないのに……」

「俺は、車に乗っていた……、亡くなった二人の息子だ。俺はあそこにいたんだ。全部見てた。ぶつかった時、父さんは生きてた。スマホを俺に寄越して、それで警察を呼んだんだ。でも間に合わなかった。あんたが残って救助に力を貸してくれていれば……」

焼け死んだりしなかったかもしれない。

今度こそ、吉澤の顔色が変わる。

「スマホ……」

視線が落ち着かなくなり、黒川の上で止まる。

「……弁護士連れか」

「弁護士？　私のことかな？」

黒川はおどけた様子で自分自身を指さした。

「私はただの傍観者だ。気にしないでくれたまえ」

「立ち会い人か？　まあいい。どちらにしろ私に関係ない話だ」

「関係ない？」

「私は事故など起こしていない」

「じゃあ何故顔色を変えた」

「それは……、おかしな言い掛かりをつける者が現れたら、誰だって強請《ゆすり》か何かかと思って警戒するのは当然だろう。金が欲しいのか？」

「そうじゃない」

「証拠もないのに乗り込んできて、強請《ゆす》れると思ったのか？」

「違……」

「証拠ねえ。確かにないな」

自分の爪を見ながら、独り言のように黒川が話し始めた。

「たとえば、人目に付かないところに車を停めて父親に連絡し、知り合いの引っ越し業者のトラックを寄越させて事故車をそれに積んで、逃げ帰っても。持ってる他の車で自損事故を起こさせて、それを廃車にする手続きをして事故車を解体しても。ムチウチがあったのを海外の病院で治療しても。それを証明する証拠はないなぁ」

吉澤の顔が、見る見る真っ青になってゆく。

「貴様……、どうしてそれを……」

「想像だよ、想像。うん、いい顔だ。顔立ち自体は好みではないが、恐怖に歪《ゆが》み、悪事が露呈するのに怯《おび》える顔は悪くない」

……悪魔の本領発揮か。

吉澤をいたぶることを楽しんでる。

からかわれてると悟ったのだろう、蒼白《そうはく》だった吉澤の顔が今度は赤くなる。

「よせ、黒川。俺が言いたいのは……」

「岡村《おかむら》！　岡村！」

吉澤が立ち上がりドアを開けて廊下に向かって声を張り上げる。

すぐに足音がして、二、三人の男が現れた。そのうちの一人はさっきの運転手だ。

「お客様のお帰りだ。丁寧にお送りしろ」

「待てよ。話はまだ終わってないだろ」

「話すことなどない。もし、万が一、お前が言うように事故があったとしても、交通事故であって殺人じゃない。救護義務違反の時効は七年だ。もうとっくに過ぎてる」

運転手が俺の腕を摑《つか》んだ。

「過失運転致死罪の時効は十年だ。まだ時間は残ってる。お前が海外に行ってる期間があれば、その分時効が延びるんだぞ」

「追い出せ！」

「吉澤！」

黒川がおとなしく出て行く素振りを見せたので、他の男達も粘る俺の方に来て、結局両腕を捕らえられたまま、玄関先まで引きずり出された。

「これ以上騒ぐなら警察を呼ぶぞ」

沓脱《くつぬ》ぎの上へ突き落とされ、よろけて壁に身体が当たる。もう一度上がりがまちに足を掛けると、突き飛ばされた。

「ケガしないうちにおとなしく帰れ。暴れると『不慮の事故』ってのもあるからな」

そこまで言われて今日のところは諦めるしかないと受け入れた。俺が犯罪者になるわけには絶対にいかないのだ。亡き両親の名誉のために。

「あれはあまりまともではない使用人のようだな」

道路にまで出てから、黒川が言った。

「不動産屋というものは、裏の者と繋《つな》がりがある者が多いと聞く。いや、これは昔の話だったかな？」

「お前が言ったこと、事実なのか？」

「私が言ったこと？」

「引っ越し業者のトラックがどうのって話」

「あの慌てようならそうなんじゃないか？　だが、証拠はないぞ」

「わかってる」

俺のために言ったんじゃない。

彼自身の楽しみのために口にしただけだ。

「次はどうする？」

「帰るよ。他に用事はないもの」

慰めるように、彼が肩を抱く。

これはアイコンだ。俺が落ち込んだ様子を見せたらこうすればいい、というだけの行動だ。

なのに、少しだけ心が温かくなってしまう。

「少しわかったよ」

ポツリと呟いた彼に問い返す。

「何が？」

「お前の炎のことさ」

肩を抱かれて温《ぬく》もりを感じたのに、『炎』という言葉にその温もりがスッと引く。

ああ、やっぱりこれは慰めでも優しさでもない。

「俺には関係ない」

温もりは引いたのに、俺は黒川の肩に頭を寄せた。

「疲れた……」

それを言い訳にして。


吉澤は、もう俺には会ってくれないだろう。

名前は名乗らなかったから、会社に仕事の話だと訪ねて行けば会えるだろうか？　いや、それでは業務担当者止まりだと思ったじゃないか。

吉澤の行きつけの店は高級店ばかりでハードルが高いし、騒ぎになれば店の人間につまみ出されるだろう。

前に情報をくれたクラブにしても、ホステスは時間外だから話をしてくれただけで、自分の仕事にかかわることになったらそっぽを向くだろう。

「あの男を追い詰めたいとは思わないのか?」

黒川が囁《ささや》く。

「殺すのが嫌なら、追い詰めてやればいい。会社を倒産させて貧乏な生活になったら、きっと面白いことになるだろうな」

「会社で生活しているのは吉澤だけじゃない。潰れたら社員さん達が路頭に迷うだろ」

「ならば恥をかかせるのはどうだ?」

「恥をかかせて何になるんだよ。単なる意地悪じゃないか」

ああしたらどうだ、こうしたらどうだと繰り返しながら、俺がそれを却下すると黒川は少し嬉しそうに見えた。

いつかどれかに俺が食いつくかどうか、ゲームでもしているのだろうか。

「律の両親はよい親だったのだろう?」

「何だよ」

「とてもよくわかる。お前がよい人間だから」

俺の欲しい言葉を口にしては、またにこにこする。

両親を褒めてくれるのは、悪いことじゃないから聞き流すけど。

黒川は、俺が会社にいる時以外は離れようとしなくなった。通勤途中の電車の中でも、気づくと隣に立っている。

話しかけてこなくても、存在は意識させる。

お前なんか側にいたってしょうがないだろ、って言えればいいのに。

側にいることに慣れてしまったら、いなくなった時が辛《つら》いのに。

「あの上田という男は、お前に触りすぎじゃないか？」

とか言われると、まるでやきもちを焼いてるようだと思ってしまう。

「上田さんが俺に触ったからどうだって言うんだよ」

「ふむ、それもそうか」

やきもちなんて焼くはずがないのに。

黒川が俺をどう思っているかなんて、答えは一つしかない。餌、だ。だから考えたって仕方がない。

黒川のことなんて、考えちゃいけない。

俺が考えなければならないのは、自分の望みを叶《かな》えることだ。

それが難しくなってしまったのだから、もっと頭を使って、どうすればいいのかを考えないと。

まずは吉澤ともう一度会うことだ。

しかも二人きりで。

あの強面《こわもて》の男達を排除したところで、サシで話ができるようにしないと。

とても難しいだろうけれど……。


「今日のクライアントが、お前のことを褒めてたぞ」

その日、俺は少しだけ上機嫌だった。

上田さんの仕事に同席し、クライアントへの内容説明を任されたからだ。

いつもは資料をそろえるだけなのに、自分が用意した資料を自分の言葉で説明できた。緊張したけれど、まあまあ上手《うま》くやれたかな、と手応えも感じられた。

でもそんなの自分だけの感想だと思っていたのに、クライアントが帰った後に、上田さんにそう言われたのだ。

「森永《もりなが》がコーヒー淹《い》れに行ってる時にな、はきはきしてて好青年だと言ってたぞ。説明もわかりやすかったってさ」

仕事で認められるのは嬉しい。

「今日は御褒美に一杯奢《おご》ってやろう」

その上に、飲みにまで誘われた。

奢ってもらえることが嬉しいというより、御褒美をやろうと思ってくれるほど、認められたということが嬉しかった。

連れて行かれたのは、上田さんの行きつけの居酒屋。

「ここはな、料理が美味《うま》いんだ」

そう言って上田さんは次々に料理を頼んだ。

「あ、森永も頼んでいいんだぞ」

と言われた時には、もう七品ほど頼んだ後だった。

取り敢《あ》えずビールで乾杯して、仕事の話を振り返る。

あれはよかったが、これは悪かったと、ダメ出しもされた。

「森永を研修で見た時から、お前は辛抱強いヤツだと思ってたんだ。俺達の仕事は計算したら答えがパッと出てくるようなものじゃない。目標を定めて、じっくり攻めていかなきゃならない。こいつにはそれができると思ってたんだ」

それがお世辞でも、嬉しい。

自分がここにいる価値を与えてもらっているようで、安心する。

黒川は、俺を見ていない。俺の中にある『炎』という正体のわからないものしか見ていない。

でも上田さんは、ちゃんと俺を見てくれているのだ。

「俺、もっと仕事覚えて、上田さんの役に立つように頑張ります」

黒川のことも、吉澤のことも忘れて、仕事の話をして、楽しかった。

お酒があまり得意じゃないと言うと、

「仕事上の付き合いで飲なければならない時もあるから、飲めるように慣らしておいた方がいいぞ」

と言われたが、無理に飲ませられることはなかった。

そこが上田さんのいいところだ。

「飲めないなら飲めないで、自分の限界だけはちゃんと確認しておけよ」

面倒見のいい人なんだな。

上田さんは途中からビールを焼酎に切り替えて、結構飲んでいた。へべれけってほどではないが足取りがおぼつかなくなったので、帰りはタクシー。

「森永も、送ってってやるから乗れ」

と言われて、家の近くまで送ってもらった。

いい気分だった。

大通りで降ろしてもらって、ほろ酔い気分でコーポに向かう。

階段を上って、カギを差し込むと、カギは開いていた。

締め忘れるなんてことはない。

黒川か。

他に考えられないから、ため息をついてドアを開けた。

「中にいるにしても、カギはちゃんとかけといて……っ！」

扉を開けきる前に、内側から手が伸びて、腕を摑まれ、引っ張られる。その瞬間、相手は黒川ではないと確信した。

あいつは、こんな乱暴なことはしない。

前のめりに飛び込む自分の部屋。

そこには見知らぬ男が四人、土足のまま上がり込んでいた。

しかも部屋はあちこち開けられ、中身を出され、メチャクチャだった。

「どろ……！」

泥棒だと叫ぼうとした口が塞がれる。

「親父のスマホってのはどこだ」

父さんのスマホ？

何を……。

「さっさと出せよ。そいつに証拠が入ってんだろ？」

あ……。

この男達が何故《なぜ》ここにいるのか、瞬時に理解した。

こいつら、吉澤の手下だ。

俺が、父さんがスマホを俺に渡したと言った時、吉澤が『スマホ』と繰り返したのを思い出した。あいつはスマホが証拠の品だと思ったのだ。写真が保存されてるとか、音声が入っているとか。だから、青ざめていたのだ。

「お、古いダンボールがあるぜ」

男の一人が、クローゼットの中にしまってあったダンボールを取り出した。ずっと父さんの会社に預けていた、思い出の品が入った箱を。

両親の服や小物、食器や写真。

男はダンボールを開けて、逆さまにするとそれらを全部床にぶちまけた。

「何だよ、ガラクタじゃねぇか」

食器は割れ、写真が靴で踏み付けられる。

「ンン……っ！」

口を塞がれたまま、俺は声を上げた。

それはもう取り戻せない時間だ。俺に遺された家族の記憶だ。

「こっちはディスクとビデオテープだ」

「割れ」

止《や》めろ。

俺は口を塞いでいる手に、思いきり噛《か》み付いた。

「痛って！　この野郎」

殴られて床に倒れると、俺を捕らえていた男が腹の上に足を乗せた。

「坊ちゃんを脅すなんてことしなきゃ、平穏に暮らせてたのになぁ」

「止めろ！　それ以上触るな！」

俺の記憶を、思い出を、それ以上壊すな。

「これが大事か。だったら親父のスマホってのを出せよ。他にも証拠になりそうなもん、持ってんだろ？　だから坊ちゃんとこに来たんだろ？」

「早くしないと、燃えちゃうぞ」

別の、小柄な男が言いながら小さな缶を取り出した。あれは、オイルライター用のオイル缶だ。自分はタバコを吸わないが、コンビニで見たことがある。

小柄な男はそれをぶちまけた俺の思い出の上にピューッと吹きかけた。

オイルの匂いがここまで漂ってくる。

「マッチ一本火事のもと、だ。出さないんなら、ここ全部燃やせばいいだけなんだぜ？」

「何言ってるんだよ！　火事になったら他の住人だっているんだぞ！　……グッ」

腹の上の足が強く踏み付ける。

「静かにしろ。もし他の住人が火事の巻き添えになったとしたら、そいつは強情なお前のせいなんだぜ、『森永律』。お前さんは名乗らないで上手くやったつもりかもしれないが、事故の被害者としてお前の両親の名前がメディアに出たんだ。調べるのなんて簡単に決まってんだろ」

「親がいなくなって、貧乏で惨めな生活だったんだろうな。だが会長の息子さんを脅しちゃいけねぇよ」

会長の息子さん……。吉澤ではなく、吉澤の父親が命じたのか。事故を隠蔽させるような親だけのことはある。

「罪を犯したのは吉澤だ」

「うるせえな」

腹に足を乗せてるのとは別の男が、尖《とが》った革靴で俺の顔を蹴った。口の中が切れたのか、鉄サビの味が広がる。

「せっかく生き残ったんだ、長生きしたいだろ？　それとも、早く両親に会いたいか？」

「いいねえ、感動の再会だ。手間かけんのも面倒だ、証拠隠滅でいいだろ」

オイルを振り撒《ま》いた小柄な男がマッチを擦《す》る。

「止めろーっ！」

火の付いたマッチが、床の荷物の上に落ちてゆく。

荷物の山に落ちた途端、炎の舌が全てを舐《な》め上げた。

「どけよ！」

腹の上の足にしがみついて放り投げる。顔も腹も痛むけれど、構わず荷物の山に手を伸ばす。

熱い。

火が、熱い。

あの時のように。

また火が、俺の大切なものを奪おうとしている。

「おい、動けないようにしてから出るぞ」

素手で炎を叩く。目の前で、アルバムが燃え上がる。テープを引っ張り出されたビデオも。

踏んで割られたディスクが熱で歪《ゆが》む。

それでも俺は、何か一つだけでも遺したくて火の中に手を入れた。

その俺の背中に蹴りが飛び、俺は身体ごと火の上に倒れ込んだ。

髪の焦げる嫌な匂い。

次の瞬間……。

部屋が真っ暗になった。

「何だ？　停電か？」

男の言葉から、これが彼等《ら》の仕業ではないことが知れる。

「私の大切な律に、ケガをさせたのは誰だ」

低く、冷たい声。

「黒川……！」

再び明かりがついた部屋には黒川が立っていた。

いや、浮いていた。

「誰の許可を得て、律に手を出した」

「何だぁ？　マジシャンかよ」

言った男の身体が宙に浮き、手足をバタバタさせてるうちに床に叩きつけられる。

ギャッという悲鳴と共に何かが折れる音がする。

「お前が律を蹴ったのか？」

俺の顔を蹴った男の足が、膝から変な方向に捩《ねじ》れる。

残りの二人も宙に浮いて……。

「止め……、止めろ！　何だよ、何で浮いてんだよ！」

今度は壁に叩きつけられる。

全員が床に折り重なって倒れるまで、一瞬だった。

その向こうに、無表情で、冷たい目をした黒川が、腕を組んで彼等を見下ろしている。

彼が、クッと顎を上げると、四人の腕が、まるでマリオネットのように垂直に上がり、グリンと捩れた。

「ギャー！」

「ぐおっ！」

濁った悲鳴。

「殺しちゃダメだ！」

俺は、痛む身体を押さえて、浮いてる黒川の足にしがみついた。

「殺しちゃダメだ。もう十分だろう。もう動けないよ」

するするっと、黒川が降りてきて、床に立った。

足にしがみついていた俺も床に倒れ臥《ふ》す。

彼の手が、俺を抱き起こした。

「こんなに酷い目に遭ったのに、まだ情けをかけるのか？」

「そうじゃない。ただ、殺したらそこで終わってしまう。もしかしていいところがあるかもしれないし、もしかして帰りを待ってる人がいるかもしれない。こいつらが痛め付けられるのはいい。でも関係のない他の人は悲しませたくない」

ズキズキして腫れてきた頬を黒川が舐めると、痛みが引いた。

その舌は冷たかった。

「仕方がない。では殺さずにおいてやろう。上手く生き延びるのだな」

彼がそう言った途端、四人全員が部屋から消えた。

黒川は、人を傷つけることも殺すことも、本当に躊躇《ちゅうちょ》がないことを目の当たりにした。今も、止めなければ本当に四人を殺していただろう。

俺に囁いた『殺してやろうか』も、本当に本当のことだったのだ。

黒川が改めて俺を抱き上げた次の瞬間、景色が変わる。

ぐちゃぐちゃにされた俺の部屋じゃない。

豪華な家具が揃《そろ》って大きなベッドがある……、誰かの寝室？

「誰だ！」

ベッドから起き上がったのは、吉澤だった。ここは、吉澤の寝室なのか。そのことにも驚いたが、俺を抱えたまま空間移動なんてことができる黒川の力にも驚いた。

「殺そう」

「黒川」

「これは私の気持ちだ。私の大切なものを傷つけられて、私はとても怒っている。私の怒りをかった者を私がどうしようと勝手だろう」

「殺すなって言っただろう！」

「私の意思は、この男を殺すという答えを出した」

俺では止まらないのか？

俺の言葉は黒川の耳に届かないのか？

「何をくだらないことを言ってる。殺すだと？　不法侵入したお前達をどう扱うかを決めるのは私の方だ！」

吉澤はベッドから飛び降り、部屋のインターフォンに手を伸ばそうとして、見えない誰かに押し倒されるように床にうつ伏せに張り付けられた。

「な……、何だ……？」

「動くな、蛆虫《うじむし》。今、お前に声を発する許可は与えていない」

命じる声は氷のように耳に冷たく響く。

吉澤が押し付けられている床が、もぞもぞと動いている。よく見ると、ギリギリのところにまでびっしりと蜘蛛《くも》が取り囲んでいた。

いつの間に……。

蜘蛛は、動きが統制されていた。うごめいてるのに、吉澤に触れはしない。これも黒川の力か。

「た……すけてくれ……」

蠟《ロウ》のように真っ白な顔をして吉澤が呻《うめ》いたが、黒川は無視してこちらを見た。

「律」

黒川が、そっと俺を床に下ろす。

「私はお前とは違う。私は悪魔だ。人の命などどうでもいい。私の大切なものに傷を付けた者、それを指示した者に寛容な気持ちは持ち合わせていない。この男は、八つ裂きにされて当然だ」

俺はぎゅっと彼のスーツの袖を摑んだ。

やはりだめか、と。

「だが、これはお前の憎しみの対象だ。処遇には、お前に優先順位がある。この男をどうするか、律に任せてやろう」

だが、彼は俺に譲る、と言った。

「俺は……殺さないよ？」

聞いてくれたのか？　単に『順番』を守ってるだけか。

「何もせず、このまま去るのか？」

どっちでもいい。黒川が俺の目の前で人を殺さないでくれるなら。

「……言いたいことがある」

「では言うといい」

倒れているというよりぺったりと床に張り付いていた吉澤の身体が、少し浮き上がり、自由になったとわかった吉澤が身体を起こす。だが蜘蛛は消えなかった。

「あんたの父親が送り込んできたヤクザみたいな連中は、この黒川に叩きのめされた」

「どこかの紛争地域で、自分の命を守ることに必死だろう。上手くすれば、日本に帰ってこられるかもな」

……そんなことしたのか。

「殺してないぞ」

俺の視線に言い訳するように言う。そのことについては、今は聞き流そう。

「正直に言ってくれ。あんたが、事故を起こしたんだろう？」

「そんなことは……っ。ぐ……、苦し……っ」

「黒川」

「律の問いにはちゃんと答えろ。でなければお前の首を捻《ひね》るのは簡単なことだと教えてやるぞ」

「じ……、事故った……。運転してた……、私が運転してた……！」

疑ってもいなかったけれど、やっぱりか、と思った。

「謝ってくれ」

俺は静かに言った。

「自分がしたことを反省して、心から謝罪して欲しい。自分が何をしたのか、何をしなかったのかを、ちゃんと自覚して欲しい」

黒川はぬるいと言うだろう。

だが、俺がずっと望んでいたのは、ただそれだけのことだった。

暗い農道にライトを消して停車していた父に、全く非がなかったとはいえない。吉澤は、両親を殺そうと思って突っ込んできたわけじゃない。

これは殺人ではなく、事故なのだ。

だから、慰めのためだろうが、皆が言った。

『事故だから仕方がない』

仕方がないことなのか？　俺の両親が死んだことは。二人は『仕方なく』死んだのか？

逃げている犯人にとっても、俺の両親の死は大したことではなく、『仕方なかった』ことで、逃げて、いずれは忘れてしまう些細《ささい》なことだったのか？

違うだろう。

この世の中から、俺の大切な人がいなくなってしまった。

それはとても大きな出来事で、忘れてはいけないことだ。

人の命を奪ったことを自覚して欲しい。罪を犯したことを自覚して欲しい。

「あんたは、人を助けられるのに助けなかった。自分が悪いことをしたのに、謝罪もせず、罰も受けずに逃げ回った。反省すらせず、遊び歩いていた。逃げ切れる、警察には捕まらないと豪語していた」

両親の命を踏み付けにしないで欲しい。

犯人に、俺の両親が死んだことは、『逃げれば忘れてしまえる程度のこと』にされたくない。

事故が犯罪になるのかどうかの判断は、警察のすることだろう。もしかしたら、無罪放免になることなのかもしれない。

俺にはわからない。

俺が望むのは、俺の両親が、取るに足らないものではなく、奪ったことを悔やみ謝罪しなければならないほど大きなものだったと認めて欲しいだけだった。

そうでなければ、俺は何もできなかった。

心から悲しむことも。

愛する家族が亡くなったのに、他人はそれを仕方がないと言う、時間が経てば、まだそんなことを気にしているのかと言う。

同情は与えられた。

『俺』が、可哀想だと、悲しいだろう、と。でも親は？　死んでしまった俺の両親のことは？　気を遣って触れないようにしてくれていたのかもしれないが、誰もそれを語らなかった。だから、俺は自分の中にある大きなものが何であるかわからなかった。

黒川はそれを『怒り』と言った。

でも俺にはわからなかった。

ただ愛《いと》しいと、両親を愛していたのに、失ってしまったという気持ちしかわからなかった。

事故で仕方ないなら、犯人を恨んではいけないのか？　仕方がないから、俺があそこで車を停めさせたことも後悔してはいけないのか？

『仕方のない』こと、とはどうにもならないこと。どうにもならないことを嘆いても『仕方がない』。『仕方のないこと』は忘れて、消してゆかなければならない。

そう言われている気がした。

もしも。あの時吉澤が車から降りて、俺と一緒に両親を助けようとして、その結果が同じことだったとしたら、俺も『仕方がない』と思えたかもしれない。

でも、今でも『もしもあの時』という言葉が頭から消えない以上、俺は受け入れることができない。

人を見殺しにしたのは悪いことだ。悪いことをしたら謝らなければならない。謝罪されてやっと、悪いことをされたのだ、怒っても悲しんでもいいのだと思うことができる。

俺の心の中の感情に、答えを与えて欲しい。

「俺の両親の命は、簡単に忘れていいものじゃない。大切な人だった。二人の、あの日から先の人生を奪ってすみませんでしたと、謝って欲しい」

吉澤の目が目の前の蜘蛛を見て、黒川を見て、最後に俺を見た。

「す……すまなかった。とんでもないことをしてしまったと思った。だがあの時俺は酒が入ってて……、捕まりたくなかった。自分の地位を失いたくなかったんだ……！」

「悪いこと、したんだよね？」

「悪かった！　申し訳ない！　心から謝罪する！」

吉澤は、土下座して謝罪した。

「心からの謝罪などと言ったって、今だけのことだぞ」

黒川の言う通りだろう。

「たとえこれが黒川の脅しのせいだとしても、骨身に染みてるだろう。人を助けないことは悪いことで、悪いことをしたら思いもよらない罰を受けるって……」

俺の両親は、『仕方なく』死んだのではない。吉澤が悪いことをして、俺の両親の命を奪ったのだ。だからこいつは俺に謝罪している。

だから、俺は両親の死を、嘆いていいのだ。

この男を、恨んでもいいのだ。

こんなに謝罪するようなことをされたのだから、忘れなくていいのだ。

意図せず、涙が一筋だけ零《こぼ》れる。

……長かった。

両親の命を奪った者に、二人の命は大切なものだったと認めさせるのに。忘れないで、嘆き続けてもいいのだと思えるまで、とても長い時間がかかった。

やっと、失ったものは大きかったと言える。

そうだろう？　だから俺は悲しんでいいんだ。

この喪失感の大きさを、口にしていいんだ。

「律は許しても、私は許せないな」

俺が泣いたから、条件反射で黒川が俺を抱き締める。条件反射なのに、優しい。

そう思ってはいけないのに、嬉しい。

今ここに、黒川がいてくれて、とても嬉しい。

「……殺すな」

鼻をすすりながら言うと、肩にある手に力が入る。

「それは約束しよう。だが、お前には私からの罰も与えよう」

「ぎゃぁぁぁ……！　よ、寄るな……！」

吉澤が飛び上がって逃げ出す。

「一生、その悪夢を見続けるといい」

「やめろ！　来るな！　誰か！」

「聞き苦しい声だ。楽しむ余地もない」

吉澤の悲鳴を聞きながら、吐き捨てるように黒川が言った。

「何をしたんだ……？」

「自分のしでかした罪に追われているだけだろう。あの男の父親も、今頃同じ悪夢を見ている
だろうな、さあ、帰るぞ」

壁際まで逃げて助けを求める吉澤の姿を見ても、哀れみは感じなかった。助けてもらえないことの辛さを知るといいと、思っただけだった。

「俺の心の中にも悪魔はいるんだな……」

「ひぃぃ……っ！」

俺の呟きは吉澤の悲鳴に消え、俺達はその部屋を後にした。

自分の中の怒りと憎しみは昇華されてしまった。きっともう黒川の欲していた『炎』というものも消えてしまっただろう。

これで、黒川とはお別れなのだ。

何も持っていない自分には、黒川の興味が向くことはないだろう。

それが、何より胸を締め付けた。

両親の死を思い返すよりも、強く……。

戻ってきた部屋の惨状は、変わらないままだった。

土足で踏み荒らされ、クローゼットや本棚のものは全て床にぶちまけられ、写真やＤＶＤのディスクは燃やされて嫌な臭いを発している。

ここから、全てゼロからやり直しだ。

自分の中にあった、正体のわからないものは昇華させた。

吉澤を恨む許可はもらえたが、彼を恨む気持ちももうなかった。あの男がこれから幸せな人生を送れないかどうかは、俺には関係ない。彼が苦しんだとしても、自分がしたことへの罰だろう。

罰を与えたのが、警察でも、神でもなく悪魔だというのは皮肉だけど。

今、自分の胸の中にあるのは、あの頃は幸せだった、という思い出だけだ。

悲しいから、時折思い出しては泣くかもしれない。

吉澤のことも、思い出したら憎むかもしれない。

でもそれよりも、幸せだった頃を忘れないでいたい。

もう、思い出は俺の胸の中にしかないのだから。

焦げた荷物をかき集め、黒焦げになったアルバムの中から、何とか顔がわかるものを探す。

片付けを始めた俺の背後で、黒川は何も言わなかった。

いつもなら、慰めたり抱き着いたりしてくるのに、動く気配もない。

気持ちがすっきりしてるし、俺の中の炎っていうのは、消えてしまったんだな。

だからもう彼は俺に興味がなく、声をかけることもしないんだ。

まだ、そこにいるんだろうか？

「これで……、全部終わりだな」

確かめるように言葉をかける。

返事はない。

ああ、もういないのかも。

「最後だから、正直に言うよ。ずっと冷たくしてたけど、俺、結構黒川のこと、好きだったよ」

終わりだから、一度くらい本音を吐露してもいいだろう。

何せ相手は悪魔だ。

もう一度街で偶然再会する。なんて有り得ない。別れたらこれで最後なのだから。もしもういないのなら、本人に届かなくて丁度いい。

「ずっと、側にいてくれてありがとう。お前がいたから、俺は独りじゃなかった。お前の誘惑に乗ったりしないって思ってたから、正しく生きてくることもできた」

言ってる間に胸が詰まる。

「契約とか取引なんて言われてなかったら、もっと違う付き合い方があったんじゃないかって思ってる……。もう遅いけど」

もう、認めてもいいよな。

俺は黒川がずっと好きだったって。

側にいてくれるだけの、優しくしてくれるだけの人なら誰でもよかったわけじゃなくて、黒川だから好きになったんだと思う。

ほら、よく言うじゃないか。

悪い男と知りながら好きになるって。

俺とは違う生き物でも、俺のことを好きじゃなくても、尊大で、感覚が違ってても、俺は黒川が好きだった。

「美しい……」

もういないと思ったから、涙が零れたのに、いつもの声が響く。

慌てて涙を拭いて振り向くと、黒川は陶酔した表情で立っていた。

あの、葬儀の夜と同じ表情で。

「今までで一番美しい」

「……何が」

「もちろん、律の『炎』だ」

「炎？　俺はもう誰にも怒ってない。炎なんて消えてるだろ」

「いいや。私が見誤っていたのだ」

彼の目が俺を見た。

「あの夜、私が出会ったのはお前の両親の葬儀だった。だから、その炎は一番強い感情、悲しみか怒りだと思った。非業の死と言った時に怒り出したので、やはり怒りなのだろうと思った。自分の大切な人を死に追いやったものへの怒りだと。あの時は、それが人か事象かもわからなかったが」

黒川の顔に笑みが浮かぶ。

「だが違うのだとわかった。そうではないのだ。お前はあの男を恨んでも憎んでもいなかった。殺したいとは思わないと言ったのが証拠だ。では何だ？　そこにあるものは何だったんだ？」

彼は、俺の前にしゃがみこみ、俺の胸を指さした。

「ここにあるのは、愛情だ」

「愛情……？」

「お前は、葬儀の時も、今も、亡くした親を愛しいと思う気持ちが一番強かったのだ。もちろん、悲しみも怒りもあっただろう。だがそれよりも強かったのは、愛情だった。私がお前の親を褒めると、その炎が美しく揺らめいたのを見て、確信した」

それで……。

それでここのところ親のことを話題にして褒めてはにやついてたのか。

「愛情。それは私達からは生み出されないものだ。誰かと感覚を共有したり、学習しなければ手に入らないものだ。自ら生み出すのは稀《まれ》なもの。しかもそれほど強いものは珍しい。親子であっても、最近は愛情が希薄な者が多いからな」

愛情……。

「ああ、ここは酷いな。ゆっくり話をする状況じゃない」

彼が指を鳴らすと、部屋が元に戻る。

「これも酷い臭いだ」

と言うと、写真も食器も、全部が元どおりになる。

「これでいい。お前が悲しまないで済む。これが壊れたから泣いていたのだろう?」

そうじゃない。

それも悲しかったけれど、涙が零れたのは黒川と別れると思ったからだ。

でも言わない。

「……ありがとう。でも取引じゃないよな?」

「ああ。これは私の気持ちだ」

気持ち……。

「今、あの時よりも更にその炎は美しく輝いている」

「決着がついたからかも……」

「私を好きだ、と言っただろう?」

……聞いてたのか。

返事はしなかったのに。

「そこにある愛情は、私に向けたものか?」

喜ぶというより、飢えた獣のような笑み、獲物を前に、舌なめずりするような。

「私と契約しよう、律」

また契約、か。

「自分に向けられる愛情なんて、最高じゃないか」

これが、黒川だ。

気持ちはないのだ。それでももう、俺は彼を嫌いになれない。

「契約はしない」

「何故?」

「愛情は、契約や取引で得るものじゃないからだ。俺は……、確かに黒川を好きだよ。だからこそ、気持ちがない相手に自分はあげない」

「気持ちがない?」

「愛してくれていない人に愛はあげないってことだ」

「私は愛してるぞ?」

「それは俺が言ったからだろう」

「私は最初から律を愛している。一番最初に言っただろう、一目惚《ぼ》れだと」

確かに言ったけど……。

「それは俺じゃなくて、俺の炎に対してじゃないか」

「お前の炎なのだから、同じことだろう」

「お前が欲しいのは俺の炎だけで、俺じゃない」

「純粋な愛情を抱くことができる律を愛していると言ってるのだから問題はない。人間だって、顔が好き、声が好き、仕草が好き、と好きになるのはその人間の一部から始まるものだろう。それに、炎以外も好きだぞ」

「嘘だ」

「嘘ではない。顔も好きだと言っただろう。それに私を拒み続ける高潔さもいい。この手で汚したくなる。禁欲的な律を、私が『啼かせる』ことを考えるとゾクゾクする」

もう『啼かせる』の意味がわかるから、思わず顔が赤くなった。

「律の全てが欲しいのだ。だから私と契約しろ」

「絶対にしない！」

「律」

「俺は、契約で自分の全てを与えるなんて嫌だ。契約も、取引もなく、愛情で求めてくれる相手でなければ、自分の全てなんてあげられない。でないと、何をされても契約だから、取引だから、こうしてくれるんだとしか思えなくなる。お前が望むのが『愛情』なら、俺は『愛情』を持てなくなる」

「……それは嫌だな」

黒川はがっかりした顔をした。

「黒川が好きだから、絶対に契約はしない。俺が黒川を好きでいる限りずっと。だから、餌が欲しいなら他へ行ってくれ」

今度こそ、お別れだな。

寂しいし、悲しいけど、この気持ちを売り渡すことはできない。それくらい、彼のことが好きだから。

「では、私が契約や取引を諦めたら、律が手に入るのか?」

「……え?」

「そういうことだろう? 私がそれを望まなければ、律を愛しているという私の言葉を信じてくれるのだろう?」

「そんなこと……。そんなことできないくせに」

「できるさ。お前の炎は魅力的だが、律自身が手に入るのならば、契約をしなくても『私に向けられる愛情』は味わえる」

契約じゃなくても、側にいる?

本当に?

「うむ。これは契約ではなく取引でもない。約束だ。何も差し出さなくていい、何も与えない。

だから、律だけを私にくれ」

　悪魔はずるい。

「ずっと側にいよう」

　俺の欲しい言葉を知っている。

「ただ側に」

　逃げ道を塞いで、選択肢を削って、俺に選ばせる。お前の条件は全て呑《の》んだぞ、さあどうする、という顔をする。

「律」

　ずっと、俺の名を呼んでいた声が優しく響くから、俺は観念するしかなかった。

「……それなら、信じる」

　黒川は悪魔だって、優しいだけの人間じゃないってわかっているのに。

「そうか。では私達はこれで恋人同士というわけだ。私は律に何をしても許される立場を手に入れたわけだ」

　不穏な言葉を口にして、にやりと笑う顔を見ても、もう騙《だま》されたとは言えなくなっていた。

「では、行こうか」

　その一言で、彼の部屋へ連れ去られても……。

純粋な愛情って何だろう？

あの葬儀の夜、俺はずっと両親のことを考えていた。愛されて育てられていたと実感していた。見返りの一つも要求されず、ぬくぬくと……、二人がいなくなったらどうなるかなんて心配もなくぬくぬくとしていたのだと痛感していた。

失った悲しみが、愛情の強さを認識させてくれた。

愛してるから、何々をしてくれ、という打算も浮かばなかった。

ただ愛してた、愛してるという気持ちだけでいっぱいだった。

ただ、あの時は、心の中いっぱいに広がったそれが愛とは気づかなかった。悲しくて、悲しくて、そればかりが優先して。

黒川にここにあるのが怒りだと言われて初めて、俺は怒っているのか？　と思ったぐらいだ。

黒川に対する気持ちは、ずっと反発だった。

絶対に好きになるものかと思っていた。

こいつは人間じゃない。気持ちが伴っていない。契約が欲しくてしてることだと、ずっと認めなかった。

だから、その全てを、『もうそれでもいい』と思った時、打算も欲も消えたのかもしれない。

いなくなっても、好きでいる、と思った時に。

両親の時も、黒川のことも、いろいろあって最後に残ったのがただ『愛してる』だっただけだ。

それを純粋な愛情と呼ぶのかもしれない。

ただ、黒川の気持ちがそれかどうかはわからないけれど……。

「ここ、どこだよ」

間接照明が一つ灯《とも》っただけの広いベッドルーム。

モノトーンの部屋、壁にかかる大きな額には俺でも知ってるミュシャの絵。

「私のマンションだ」

そういえば、寝室には入ったことがなかったっけ。

「なんでこっちに？」

「あそこのは狭いからな」

黒川が立ち上がり、俺を抱き上げて広いベッドの上に下ろす。あそこ『の』っていうのはベッドのことだと気づいた。

そして黒川の意図も。

「まだ早い！」

慌てて逃げようとしたが、簡単に捕らえられて唇を奪われる。

「全てくれると言った。『約束』だ」

彼は、笑っていなかった。

勝ち誇って、騙してやったという顔をしていたら、『引っかけたな』と突き飛ばしてやったのに。

「味わう、とも言っただろう？」

俺が答える前にまたキスされる。

今度は唇を離さず、舌を入れてくる。

「……ン」

そしてキスしたまま、ベッドに仰向けに押し倒された。

うちの硬いシングルベッドとは全然違う。いい匂いのするふかふかのベッド。

「ち……、ちょっと待って……」

唇の隙間から訴えると、意外なことに彼はピタリと動くのを止めた。

「何だ？」

唇も離してくれたけど、顔は息がかかるほど近いままだ。

「こういうことはしたくないって言ったら……」

「何故？　世の恋人達もしていることだろう。そして相手の全てを手に入れる方法だ。契約しなくても、律を味わうことができる」

「でもこんなことしたことない……」

「知ってる。私が初めてだ」

彼は嬉しそうに笑った。

「お前が快楽に溺れる様は美しかった。一番好きな顔だ」

ここのリビングで、彼に弄ばれた時の記憶が蘇《よみがえ》る。

でも彼が今望んでいるのは、あの時以上のことだ。

急に、黒川が大きくなったような気がした。

恐怖が、畏れが、対象を肥大化させる。彼から、逃れられない。

「やだ……」

彼に背を向けて逃げ出そうとした。

会社から部屋に戻って着替える暇もなかったから、上着も脱いでいない。

黒川は背後から俺を抱き締めるように捕らえ、そのまま安手のダウンジャケットのファスナーを下ろし、剝《は》ぎ取った。

着やすいジャケットは脱げやすい。

ぽうんと放り投げられ、視界から消える。

更に手は俺を押さえ付けた。

「痛っ！」

「そう強くはしてない」

「違……、腹が……」

「腹？」

仰向けに引っ繰り返されて、シャツが引き裂かれる。

軽く引っ張っただけみたいに見えたのに、シャツのボタンが弾《はじ》け飛び、その下に着ていたシャツは破れた。

「あの男達か。許しがたいな」

彼が、腫れた俺の腹を舐める。

「……ひっ」

くすぐったいような、ぞわぞわした感覚と同時に腫れも痛みも引く。

「これは与えることではないぞ。私が傷付いた律を見たくないからだ。私の欲求を成し遂げただけで、約束を破ったわけではない」

言い訳するように言って、また腹を舐める。

もうそこに腫れはないのに。

何も求めずに俺の痛みをとってくれたことは嬉しかったけど、恥ずかしさと恐怖が消えたわけではない。

「あ、やだ……っ！」

ズボンは、裂かれることはなかった。ちゃんと手でファスナーを下ろした。

「やめろって……っ！　そんなこと……」

「フェラチオだ。別に特別なことをしているわけじゃない。手でされるより気持ちがいいだろう」

黒川に手でされた時、好意はあったが愛情はなかった。

弄ばれることに抵抗もあった。

それでも、簡単にイッてしまった。

今は、彼が『自分』を求めていると知っている。自分の中に彼への愛情があることも知っている。

その上、味わったことのない感覚を与えられ、拒むことができない。

「やだ……」

冷たい舌が、俺の性器を舐《ねぶ》る。

濡《ぬ》れて柔らかい感触が敏感な場所を包み、濡らしてゆく。

「あ……」

咥《くわ》えられ、吸い上げられ、先端をちろちろと舐められる。

目眩《めまい》がする。

頭が真っ白になる。

気持ちいいけどそれを受け入れちゃダメだと思うのに、そこから溢《あふ》れてくる快感に呑まれてしまう。
舌はだんだんと熱を帯び、やがて熱いほどに感じる。
離れると、寒さを感じてしまう。
寒さは唾液の気化熱だと思うのに、寂しさを感じているような気持ちになる。
離れないで、と思ってるみたいに。
そして、簡単に俺はイッてしまった。
腰にビクリとした何かが走った、と思った瞬間に射精してしまう。
「あ……」
黒川の、他人の口に放ってしまった。
その恥ずかしさと罪悪感。
黒川が身体を起こし、視界に入ってくる。
彼は、俺を見下ろして言った。
「つまらん」
胸が痛む。
やってみたら期待外れだったのか？
こんなことをされた後で、飽きられたのか？
「律の表情が見えない」

そういう意味かとほっとした自分が嫌だ。

「今度は顔を見ながらしよう」

「これで終わりじゃ……」

「そんなわけがないだろう」

言いながら、彼がトレードマークの黒いスーツを脱ぎ始めた。

初めて見る黒川の裸体。

引き締まった筋肉が、彫像のように美しい。

「声を上げろ」

寄り添って押さえ付けてくる。

傍らに横たわり、右腕を俺の身体の下に通して反対側の肩を掴み、左腕はいまイッた場所を握る。

吐き出して萎えたはずの場所は手の刺激を受けてすぐに頭をもたげる。

「あ……っ、ン……」

「気持ちいいだろう？」

爪が、軽く皮膚を引っ掻《か》く。

「我慢しなくていい。ここがいいんじゃないか？」

爪が、先端の割れ目を引っ掻く。

「ひ……っ」

脊髄《せきずい》の中を、痺《しび》れと寒気が走り抜ける。

「そうだ。その顔がいい。耐えているのに、蕩《とろ》けてしまいそうな」

今度は優しく握り込む。

自分が勃起するところなんか見ていたくなくてギュッと目を瞑《つむ》る。開けろと促すように、瞼《まぶた》にキスされた。

「や……だ……」

「嫌じゃないだろう？　もうこんなに硬くなってる」

デリカシーがない。

恥ずかしい、という感覚がわからないのか。

「ほら、もうまた先が濡れてきた」

「止めろ……。言うな……っ」

「だが今度はすぐにはイかせない」

ずっと握っていた手が離れ、残っていたズボンと下着を取り去った。

黒川も裸だから、その全てが見える。

屹立《きつりつ》した大きなモノも。

「や……」

脚を摑まれ、大きく開かされる。

閉じようと抵抗しても、何の妨げにもならない。

「やだ……。それはやだ……！」

「『約束』だよ、律。全てくれると言った」

黒川が脚の間に座り、指を伸ばしてくる。

指は容赦なく俺の後ろに突っ込まれた。

「い……っ！」

グッと入ってきた感覚はあるのに、痛みがない。

なんで？

怯えた目を向けると、彼は嗤《わら》った。

「気持ちよくだけしてやるから、安心しなさい」

中で、指が動く。

「やだ……」

中で曲がって、内壁を搔く。

「あ……ッ！」

「女と違って濡れないから、よくほぐしておこうな。律が傷つくのは嫌なんだ」

優しげな言葉を口にしながら、俺を嬲《なぶ》る。

広げられた脚が、快楽を求めている証拠が、彼の目の前に晒《さら》されているのが恥ずかしくて、泣きそうになる。

潤んだ目で睨《にら》みつけると、彼は満足そうな顔をした。

「いいんだな？　ここか？」

「ア……ッ！」

前は触られていないのに、後ろだけで気持ちがよくなってしまう。

俺が身悶《みもだ》える姿を、黒川はじっと眺めていた。微笑《ほほえ》みを浮かべながら。

喘《あえ》ぐ声もなく、吐息だけで快感に耐える。

苦しくて、口が開く。

みっともないと思って、両手で顔を覆うと、黒川が指を引き抜いた。

「あ」

排泄感《はいせつかん》に似た感覚に声が上がる。

「そろそろいいだろう」

指を入れられていた場所に、何かが当たる。

何か、じゃない。黒川だ。

「やだっ！」

明確に拒絶を口にしたのに、彼はそのまま俺の中に入ってきた。

「やだ…ぁ……」

肉を拡《ひろ》げられ、圧迫を感じる。内側で異物が擦《こす》れあいながら侵入してくるのも感じる。

なのに痛くない。

痛くないから、快感だけしかない。

すっかり呑み込まされて繋がった時、彼の手が俺の手を摑んで顔の前から取り去った。

「顔を隠してはいけない。律の表情が見たいのだから」

そう言った黒川の顔は、何故か優しげに見えた。

けれど、次の瞬間両肩を押さえられ、激しく突き上げられる。

「あ、あ、あ、ひっ……。や……っ！」

身体が揺れる。

全身が硬直する。

中が自分のものではないみたいに別の感覚を生む。

鳥肌も立った。

「あぁ……。やぁ……」

呑まれる。

快感に呑まれてしまう。

もう何もわからなくなってしまう。

「律」

　その時、彼が言った。

「こんなにも人を愛しいと思ったのは初めてだ」

　信じちゃいけない。

　悪魔は相手を喜ばせるコツを知ってる。俺がそう言われたら喜ぶことを知って、口に出してるだけだ。

「ああ、美しい。その炎が、私を愛してくれているのか」

　わかっているのに、俺は嬉しかった。彼がうっとりしながら俺に愛されていることを喜ぶのが。

　黒川に愛されている、と信じてしまった。

「そうだ、くろか……よ……」

　同じものではないかもしれないけど、愛されている、と。

　そして俺も、黒川を愛している、と……。

「あぁぁ……ぁ……っ！」

黒川を受け入れた違和感は残っていたけれど、痛みはなかった。

それより、無理に広げられた脚と、喘ぎ続けていた喉が痛かった。

黒川は隣に横たわり、ぐったりして惚《ほう》けた俺を見ていた。

優しく、髪を撫でてくれていた。

愛情を向ける相手がいる、ということはとても幸福なことだと思う。

愛されていなくても、自分が『愛している』と思える相手がいると、その人を想《おも》うだけで心が温かくなる。

もしも、やっぱり黒川は俺を愛しているわけではなかったとしても、ただの餌としか思っていなかったとしても。もう俺は彼に向かう気持ちを消すことはできない。

返してもらえなくてもいいと思うくらい、彼を好きだと自覚してしまったから。

髪に触れてくれる手が、嬉しいと思うから。

さっきまでとは違う穏やかな時間に、少し眠気を覚えた時、突然黒川が言った。

「契約しよう」

何言ってんの。

それはナシって言ったじゃないか、と言いたいけど声が出ない。

「人は心変わりをするから心配だ。お前は会社の上田という男に好意を抱いているだろう。今は尊敬のようだが、これ以上惹かれては困る」

やきもちみたいに聞こえるなぁ。

だとしたら嬉しいけど。

「私に愛情を向けた時の炎の色は格別だった。やはりあれを味わいたい。そうすれば、お前がどんなふうに私を愛しているかも理解できるし、私も同じように愛してやれる」

それは嫌だ。

こんなに好きになってしまった気持ちを知られたくない。知られたら、付け上がりそうだし。

俺の真似《まね》をして好きになられるのも嫌だ。

どんな愛し方でも、それが俺の理解する愛情と違っていたとしても、黒川自身の気持ちを向けて欲しい。

でないと、黒川が見せてくれる愛情が本物か俺からの借り物かを疑ってしまう。

俺は、重たい手を動かして、自分の喉を指さした。

「声」

と掠《かす》れた声で一言いうだけで察したようで、彼が喉にキスすると急に楽になる。

痛みが引いたので、俺は黒川に向かって微笑んだ。

心変わりなんてしない。

するなら最初から好きになったりしない。

契約で黒川を縛りたくない。

二人の間に何もないからこそ、やっとこの気持ちを信じられるのだ。理由があって側にいるのじゃなく、心が求めるから側にいるのだと。

だから……。

「絶対に契約しない」

それが愛だと、お前にわからなくても。

お前がどんなに不満そうな顔をしても。

それが俺の真実だから……。

ジェラシーは悪魔の喜び

「律《りつ》、もうそろそろ私と一緒に暮らしてもいいんじゃないか？」

黒川《くろかわ》のその言葉に、俺はまたかと思った。

水曜日。

仕事が終わってから家に戻る途中に現れた黒川に、話があると言われて訪れた彼のマンション。ソファに腰をおろした途端、彼が言った。

「家から持ってきた荷物の置き場にだって困るだろう？　私のところなら幾らでも部屋が余っている。ここで狭いと思うなら、もっと大きな部屋へ移ってもいい。何なら庭付きの戸建てだっていいぞ」

「いいよ、俺は今の部屋で満足してるから」

「あの狭いアパートで？」

「狭くない。俺が暮らすには十分な広さだ」

「全く、律は変わっている。契約ナシにギフトが与えられるんだから、人間ならそれを受け取るものだろう？　見返りはいらないのだから」

そう言うと、彼は淹《い》れてくれたコーヒーのカップを差し出し、俺の隣に座った。

黒川が『人間なら』という言い方をしたのは、彼が人間ではないからだ。

未《いま》だに信じ難いことだが黒川は悪魔だった。

きっと自分以外の人間がそんなことを言い出したら、自分だって相手がおかしくなったか、夢想癖でもあるのかと思っただろう。

だがそれは真実であり、事実だった。

中学の時交通事故で両親を亡くした俺の前に黒川が現れたのは、両親の葬儀の夜だった。

俺の中にある炎が美しいとか何とか、意味のわからないことを言いながら自分は悪魔だ、その炎が欲しいから契約しようと持ちかけた。

当時の俺は、当然頭のおかしい人間だと思って相手にしなかった。

けれど、黒川は人間ではできないようなことを次々としてみせたので、『黒川は人間ではない』という事実を認めざるを得なかった。

俺の両親の事故は、停車していた両親の車に前方不注意の車がぶつかるというものだった。

小さな軽自動車はそれによって横転し、まだその時には生きていたであろう両親は、その後出火した車の中で生きながら焼け死んだ。

たまたまジュースを買うために車を降りていた俺だけが助かったのだが、そのせいで両親と車が燃えるのをこの目で見ることとなってしまった。

当て逃げ。

相手の車は両親を助けることも、警察に事故の通報をすることもなく逃げた。

犯人にとって、両親の死はその程度のものなのかと思うと、悔しかった。罪を認めて謝罪してくれれば、まだ心の平穏を手に入れることができたのかもしれないが、新聞で大きく報道されても、犯人が出頭することはなかった。

親族もなく養護施設に入り、一人で生きていかなくてはならなくなった俺にとって、その犯人を追うことだけが、心の支えだったと言ってもいいだろう。

そのために、一人でも頑張った。亡くなった両親が、素晴らしい人間だったと証明するために『良い子』でいようと心掛けた。

寂しかった。

辛《つら》かった。

考えないようにしていても、失った何げない日常がどれほど『幸せ』だったかを実感し、今が『幸せ』には程遠いことを嚙《か》み締める日々。

そんな中、黒川だけは俺の側《そば》にいた。

中学の友人は、養護施設へ入るために引っ越しを余儀なくされた時、物理的な距離から疎遠になった。

高校に入って彼等《ら》にも新しい生活があったからだろう。

養護施設でも、親しくなった者はいなかった。

大抵は暫《しばら》くいると両親の元へ帰るか、縁戚に引き取られたから。『良い子』でいる俺は煙たがられていたのかもしれない。

何より、俺は自分の目的、犯人を捜すということに没頭していたので、他人との付き合いが疎《おろそ》かになっていたのかもしれない。

ずっと側にいたのは黒川だけ。

「律」

と俺の名を呼ぶのは黒川だけ。

彼が悪魔だとわかっていても、『俺』を好きなのではなく、わけのわからない『俺の中の炎』を手に入れたいだけとわかっていても、初めは嫌悪と警戒しかなかった黒川の存在が慰めになっていたのは事実だ。

そして慰めはいつしか依存になり、好意になり、思慕になり……。

自分でも気づかないうちに、俺は黒川に惹《ひ》かれてしまっていた。

それが悪魔の常套《じょうとう》手段だとわかっているのに、優しくされると気持ちが揺れる。

彼が甘い誘惑を囁《ささや》くから、そんなものに負けるものかと強く生きることができる。

誰もいないと思っていても、振り向けば黒川がいる。

寂しい気持ちに付け込まれたと言えばそれまでなのかもしれないが、俺は黒川が好きになってしまった。

虚《むな》しい片想《おも》いだ。

彼は俺のことなど見ていない。

炎しか見ていない。

事故の犯人を見つけて全てが終わったと思った時、俺はやっと正直になれて彼に自分の気持ちを告げた。

お前は俺の中にある怒りの炎が好きなのだろうが、犯人とのカタがついてその怒りも消えた。もうお前は俺のことなんてどうでもいいと思っているだろう。

でも俺は黒川のことが好きだったよ、と。

すると彼は『見誤っていた』と言った。

彼が俺の中に見ていた炎は、怒りではなく愛情だった、と。

初めて出会った時、事故を起こした者に対する怒りの炎だと思ったが、それは亡くした両親に対する愛情の炎だった。

そして今、私を好きだと言ってくれた律の炎は今までで一番美しい。

自分に向けられた愛情なんて最高だ、と。

俺が好きなんじゃなくて炎が好きなのだろうと抵抗したが、律の中にあるものなら律に変わりはないだろうと言われた。

それでも、契約を迫る彼に、契約をしたらもう愛することはできないと拒んだ。

契約や取引などしたら、純粋な愛情なんか抱けない、と。

すると黒川は契約を諦めるから律をくれ、と言い出した。

悪魔として、ずっと契約しろと言い続けていた彼が、何の見返りもなく『俺』だけを欲しいと言った時、俺は負けた。

彼の言葉を信じて、黒川の手を取ってしまった。

以来、黒川は俺の恋人となった。

でも……。

俺はその告白も、彼を受け入れたことも後悔していた。

黒川のせいではない。

自分のせいで、だ。

本当に、俺は恋人と名乗れるほど黒川を愛しているのだろうか？　寂しいから、誰でもいいから側にいてくれる人が欲しくて黒川を選んだのではないのか？

黒川が側にいてくれて嬉《うれ》しいとは思っている。でもそれは恋なのだろうか？

諦めたと言いながらも、相変わらず彼はことあるごとに契約をしようと言ってくる。それに応えることは『好き』を『契約』に置き換えてしまうようで、より自分の気持ちがわからなくなるから絶対にしない。

甘やかしてもくるけれど、甘えたら『甘やかしてくれる人』に頼ってるだけじゃないかと、彼を邪険に扱って甘えることはしない。

黒川を愛してる、という確信がないから、恋人と言うには微妙な距離感のままでいる。

「俺は一方的に与えられるのは好きじゃない。欲しいものは自分で手に入れる。もう何度も言ってるだろ。甘やかされて堕落したくないんだ」

「甘やかされても堕落しなければいい」

「それはそうだけど……」

黒川が腕を伸ばし、俺の肩を抱いた。

真っ黒な髪と真っ黒な瞳。整った顔が近づくと少しドキリとする。

これが本性かどうかわからないけれど、黒川の見た目はどっかのモデルみたいにかっこいいのだ。

「律なら、堕落しないさ」

と言われても、もし堕落したら俺を捨てるんだろう？　という言葉は口にしない。まるで捨てられたくないと思ってるみたいだから。

「話ってそれだけ？　だったら俺、帰るよ？」

「帰ることはないだろう。夕食を一緒に摂《と》って行けばいいじゃないか。それに話は別のことだ。

暫く私は留守にする、と言いたかったんだ」

「留守？」

カップを持っていた手が止まる。

それって、いなくなるわけじゃないよな？『暫く』だよな？

「ああ、友人に呼ばれてな、少し手伝いに行く」

「悪魔に友人なんているの？」

「失礼だな。人間の友情とは違うかもしれないが、友人ぐらいはいる。イギリスの方でちょっとイタズラをしたら、大事になったので収束を手伝って欲しいそうだ」

どんなイタズラだったか気になるが、聞かない方がいいだろう。

「私がいない間、ここに住んでもいいぞ。同居の予行練習として」

「同居はしないから、予行練習も必要ない」

黒川と一緒にいることに慣れるのが怖いから、一緒には暮らさない。お前は俺に興味を失《な》くしたら二度と姿を見せなくなるだろう。

そうなったら、世界中どこへでも一瞬で行ける悪魔を捜す術《すべ》なんてない。

だから、いつでも一人で立てるようにしておかないと。

「だが広い風呂は魅力だろう？」

「……それは、まあ確かに」

「では今夜は泊まっていくか？」

「泊まってくわけないだろ。明日仕事があるのに」

「つまらない。何かといえば仕事だ、会社だ。律には恋人を大切にしようという気持ちはないのか？」

不満そうに口を尖《とが》らせて黒川が言った。

まるで人間のような表情をする。

「恋人とかって言うな」

「何故《なぜ》だ？　私は律を愛している。律も私を愛しているだろう？　そういう仲の者達を恋人というのじゃないのか？」

正しいし、否定はしたくないが、肯定もしたくない。『律も私を愛しているだろう？』という言葉に頷《うなず》く自信がないから。

「一々そういうことを口に出したりするのは好きじゃない」

「恋人であることを否定はしないのだな。では口に出さないように注意しよう」

と言ったクセに、彼はまたすぐに『恋人』という単語を使った。

「律、暫く会えなくなる恋人の願いを聞いてくれるか？」

悪魔的な、企《たくら》んでる笑み。

何も企んでいないのかもしれないけれど、彼が笑顔を浮かべるとそう見えてしまう。

「ものによりけり」

「何、簡単なことだ。一緒に買い物をしようというだけだ」

「買い物？」

「デートだ。恋人なら映画を観《み》たり、ショッピングをしたりするのだろう？　せっかく律と恋人になれたのだから、人間の恋人のようなことをしてみたい。考えてみれば、外を二人で歩いたことはなかったと思ってな」

確かに。

彼が俺の後を付け回したり、偶然（を装って）声をかけられたりしたことはあったが、最初から一緒に歩こうとしたことはなかった。

黒川の誘惑などに乗るものかと警戒して、親しくならないようにしていたのだから当然なんだけど。

「いいだろう？」

「……幾つか約束するなら」

「約束？」

「外では絶対に『恋人』とか言わないこと、変にベタベタしないこと。それが守れるなら、買い物ぐらいは付き合う」

「いいとも、約束しよう」

黒川は即答したが、本当に守られるかどうか。たった今、『恋人と口に出さないように注意しよう』と言った後でその単語を連発しているのだから。

「もし約束を破ったら、そこで買い物は終わりだからな」

なので一応保険はかけておくことにした。

「わかっている。律は恥ずかしがり屋なのだろう。それに人との接触にも慣れていない。本当はもっと甘えてくれればいいのだが、まだ我慢をしておこう」

俺は恥ずかしがり屋でもないし、人との接触に慣れていないわけでもないけれど、そういうことにしておけば距離を保ってくれるのなら、それでいい。

「では、土曜日は私のために空けておいてくれ。律のアパートに迎えに行くから」

黒川はそう言って顔を近づけてきた。

キスされる、と思って、俺は慌ててコーヒーのカップに口を寄せる。

「……カップが邪魔だ」

やっぱりキスするつもりだったか。

そう簡単にキスなんかさせないぞ。

「もう話は終わったんだろう？　土曜に会うんだから、今日はこれで帰る」

カップを置いて立ち上がると、黒川の手が俺の腕を取った。

「夕飯は？」

「家で食べる。作り置きしてある料理があるから」

「一流レストランでのディナーは？」

「一人で行けば？」

「つれないな……。どうしたら律は私を頼ってくれるのだろう」

「俺は絶対にそんなことしないから」

「絶対、なんてことは世の中にはないんだよ」

「だとしても、当分はそんなことは考えられないね。俺は働くことが好きだし、自分が働いた金で生活するのが好きなんだ」

「律は、ただ側にいるだけの私が好きなんだな」

その言葉にドキリとした。

側にいる人間なら誰でもいいと言われたみたいで。自分でもそうかもしれないと思っていたのを指摘された気になった。

「だがそんな律が私に甘える日を想像するのも楽しい」

けれどそんな俺の罪悪感を無視して、彼は笑った。

「では、部屋へ送ろう。土曜を楽しみにしているよ」

黒川がそう言うと、俺は自分のアパートの部屋の中に一人で立っていた。

一人、だ。

黒川はいない。

「……何が『送る』だよ」

こういう時、不安が胸に湧き上がる。

黒川は、人の気持ちを理解できない。理解しようとはしない。自分が見聞きしたことだけで、『人間とはこういうものだ』と決めてかかってる。

人間の恋人なら、別れの余韻を考えるだろう。突然一人きりになんかしない。恋人だと言うクセに、一緒にいた人と離れて突然暗い部屋に一人きりにされたら俺がどう思うかなんて、考えてもいない。

悪魔だから、人間の感情がわからないんだ。いや、関係ないと思ってるのかも。

俺が彼を好きでも、思い過ごしでも、黒川にとっては関係ない。彼の求める美しい炎の持ち主が側にいればいいとしか思っていない。

愛されていない。

気に入られているけれど、愛されてはいない。

なのに俺は黒川が好きなのだ。

報われない。

……報われることを期待するのはおかしいか。『好き』ではあるけれど『愛してる』のかどうかがわからないのに。

俺は部屋の明かりを点《つ》けた。

悪魔なんて非現実的な言葉とは掛け離れた日常の生活が浮かび上がる。空腹を感じて、夕飯を作るためにキッチンに立つ。

黒川を本当に愛してるのか?

彼に『好きだ』と告白してしまってから、何度も考えていた。直接黒川に言うことはないけれど、自分の中ではずっと悩んでいる。

黒川が俺を好きなのは炎のせい。では俺は? 俺は黒川のどこが好きなんだ? と。

何も望まず俺の側にいると言ってくれた、これが好きだとハッキリ言える黒川の方が、誠実かもしれない。愛してると思ったのに、その気持ちに自信が持てない自分の方が、不誠実なんじゃないのか?

寂しさを埋めるために彼を受け入れた自分の方が、不誠実ではないのか?

そもそも、好きと愛してるの違いって何だ? 好意や友情や思慕と恋愛は何が違うんだ?

恋愛なんて、したことがなかった。

女の子を好きだなって思った程度はあるけれど、本格的な恋愛なんてわからない。そんなこと、考えてる暇もなかったから。

黒川の気持ちは愛なのか、俺の気持ちは愛なのか。

何がどうしたら『これが本当の恋愛だ』と言い切れるのだろう?

気に入られてはいる。

好きではある。

それだけで自分達は恋人同士だと言い切っていいんだろうか?

「考え過ぎかな……」

それも仕方がない。

もしこれが恋愛なら、俺の初恋になるのだ。

その事実は、黒川に知られたくないな。

付け上がるから……。


「ちゃんと調べた」

土曜日。黒川は自信満々の顔で俺の前に現れた。

いつもは黒いスーツだが、今日は黒の長いアウターに白いシャツ、スキニーの黒いパンツと、どこのモデルかって格好だ。

「律は『普通』の『人間っぽい』ことが好きだろう。なのでデートのセオリーというものをリサーチしてきた。だから、律も恥ずかしがらずに今日は私の恋人として振る舞うんだぞ」

「外で恋人って……」

「外では恋人とは口にしない。人間は性別で判断し、同性のカップルを認めない者もいると知っている。律は注目を集めるのも嫌いだろうから、人に訊《き》かれたら従兄弟《いとこ》のお兄さんと名乗ることにする。だから、ちゃんと最後まで付き合ってくれるな?」

……完璧じゃないか。

文句の付けようがない。

「わかった。ちゃんと付き合うよ」

いつもなら、そんなに簡単に返事はしないのだが、彼がこの後いなくなるのかと思うと、一緒にいる時間を増やしたかった。

もしかしたら、彼は戻ってこないかもしれない。

自分に、彼を繋《つな》ぎ止めるほどの魅力があるとは思えない。

俺の炎が好きとは言うけれど、俺のより『綺麗《きれい》だ』と思う炎を持つ人物を見つけたら、忘れられてしまうのではないだろうか。

彼の炎に対する執着がいかほどのものか、俺にはわからないのだ。

「では行こう。今日は一日、律は私のものだ」

いつもなら『俺はものじゃない』と怒るのだけれど、これも何も言わないでおく。

彼はキメてるけれど、俺はTシャツにデニムにジャケット。男同士で出掛けるんだから、別に着かざる必要もない。

アンバランスな二人だ。

イケメンで外国人っぽくて金持ち然とした黒川と、顔立ちも普通で身なりも普通な、いかに

も庶民な俺。

黒川の言う従兄弟っていうのも、信じてもらえないだろうな。

黒川がどこからデートのセオリーってのをリサーチしたのかわからないけれど、この日は自分の人生で初めて体験する一日だった。

まず、車に乗ったのが久々だった。

両親を車の事故で失ったというのもあって、俺は車を敬遠していた。

バスやタクシーには乗ったことはあるが、マイカーに乗るのは多分父親の車以来だと思う。

迎えに来た黒川の車は、意外にも黒のセダンタイプだった。彼だったら、スポーツカー、へタすればオープンカーぐらい乗ってくると思ったのに。

もちろん、車種は高級車だけど。

もしかして、俺に気を遣ってくれたんだろうか？　両親が亡くなった時の車は軽自動車だったから。

「免許持ってるの？」

「そんなもの、幾らだって作れるさ」

「……運転できるの？」

「何年生きてると思う？　人間が半年足らずで覚えられることを私が覚えられないと？　第一、事故を起こしたとしても綺麗に『片付ける』ことはできる」

色々不安だけど、走りだすと心配はいらないらしいとわかった。

タクシー並みとまでは言わないが、安心できる運転だ。

「デートというのは、二人の親密度を上げることができればいいのだろう？　もしくは、それを堪能《たんのう》する、か。映画は暗闇で隣り合うというのはいいが、手を握ることぐらいしかできないし、作り物の人生を観ても楽しくも何ともない。動物園や水族館も悪くはないが、律が自分以外のものを見て喜ぶのもつまらん。ドライブは二人きりでいいが、私の手はハンドルを握りっぱなし。温泉旅行は甘美だが、お前は外泊を望まないだろう。それに旅行はもっと熟考してからたっぷり時間をとって行いたい。なので無難にいこう。まずアミューズメントパークで楽しんで、昼食は高級レストラン、その後はショッピングだ」

長々とご高説をブチ立てたのに、意外なほど月並みだ。

まあ、外国に瞬間移動とか言われるよりずっといいけど。

「水族館は行ってもよかったな」

デートプランを聞かされてるうちに、何だか気恥ずかしくて憎まれ口を叩《たた》くと、黒川はチラリとこちらを見た。

「魚が好きなのか？」

「行ったことないから。俺は騒がしいとこよりそっちのがよかったな」

不満顔をするかと思ったが、彼はハンドルを切って進路を変えた。

「では、予定変更だ。水族館に行こう」

「俺は魚しか見ないぞ」

「では私は律だけを見ていよう」

中学までは、普通の生活をしていた。

なので小学校の時に動物園は遠足で行ったことはあるが、水族館への遠足はなかった。中学の修学旅行はベタに京都《きょうと》だったし、両親を亡くしてからは遊びとは無縁だった。

勤めて、ある程度自分の自由になる金を手にしても、遊びに使う金はなかった。犯人捜しのために、色々と金が必要だったから。

犯人が見つかるまで、楽しんではいけないという罪悪感もあったのかもしれない。

なので、連れて行かれた都心の水族館に到着すると、子供のように心が躍った。

中に入っても、特別変わったものがあるわけじゃない。ただ魚が泳いでるのを見るだけで、どうしてこんなにワクワクするんだろう。

子供の頃、図鑑で見た魚が実際に動いている。

海が好きだというわけでもないのに、水槽いっぱいの水を覗《のぞ》くだけで子供に戻る気がする。

「キラキラしている。嬉しいようだな」

俺を見て黒川が言った。また炎を見ているのか。

「勝手に見るな」

「律を見る、と言っただろう」

「魚見ろ、魚」

「魚、好きか?」

土曜の午前中、客は子供連ればかりかと思っていたが、大人も多かったし、男同士、女同士の客もいた。

「好きって言うか、見たことのないものは楽しいだろ」

「魚なんて皿の上に載ってるだろう」

「生きて動いてるのがいいの」

「ああ、なるほど。それはわかる」

黒川は水槽のガラスに手を当て、やっと視線を俺から水槽の中の魚に向けた。

「誰かに指図されることなく自由に動く様を見るのは確かに楽しい。次にどんな動きをするのかわからないところもいい」

意外なことを。

「だが、本能だけでは面白味がない。多様性がないからな。やはり私は律がいい」

視線を俺に戻し、彼はにこっと笑った。

「俺を魚と一緒にするな」

「一緒になどしていない。お前の方がいいと言ってるんだ」

「もういい、俺は魚に集中する」

ふいっと離れた俺の背中に向けられたままの視線を感じる。

でも俺はそれを無視して順路を進み、クラゲの水槽に向かった。

小さなクラゲの水槽の前を占領していたカップルは、恋人繋ぎで手を繋いでいた。

まだ学生かな。

「そんなにペンギン気に入ったんなら、後でぬいぐるみ買ってやろうか?」

「え、ホント? いいの? 嬉しい」

彼氏の言葉に彼女がパッと顔を輝かせる。

「でも、ミカ何かお揃《そろ》いのものも欲しいな。おねだりしていい?」

「お揃いって、ストラップぐらいしか持たないぞ」

「うん、それでもいいの」

「仕方ねぇなあ。いいよ」

「わぁい、アリガト」

人目も憚《はばか》らず、彼女は彼氏の肩に頭をスリスリと擦り付けた。

ああいうのが、恋人って言うんだろうな。

何かをしてくれるという言葉に喜んで、自分から欲しいものをねだって、触れ合うことに抵抗もない。

どれも自分には無理だ。

一人で、誰にも頼らずに生きてきた。恋も知らなければ甘えることも知らない。子供の頃には確かに頼ったり甘えたりしていたはずなのに、そうではない時間が長すぎてやり方を忘れてしまった。

こんなので、自分は黒川の恋人だなんて言えるのだろうか？

「クラゲは嫌いか？」

ふいに耳元で黒川の声がして、俺は思わず彼を突き飛ばすようにして離れた。

「あんまりくっつくな」

「つれないな」

意識すればするほど、黒川にどういう態度を取ればいいのかわからなくなる。

好きは好き。触れられるのも、困るけど嫌じゃない。だからといって、さっきのカップルみたいにベタベタするなんて考えられない。

「……隣にいるのはいいけど、密着するな」

「わかった、密着はしない。だがここはあまり気に入らないみたいだから、先に進もう」

「クラゲ、嫌いなの？」

今度は俺が訊く。

黒川は、一瞬『おやっ？』という顔をしてから、いつもの笑みを浮かべた。

「いいや。だが律があまり喜んでいないようだったからな」

「そんなことない」

「そうか？　ならいいが。ああ、あの二人が邪魔だったのか」

黒川はさっきのカップルを見た。

「さっさと出て行くように仕向けようか？」

彼が何をするつもりなのかわからなくて、慌てて否定した。

「そうじゃない。関係ないよ」

彼は、『何でも』できてしまうのだ。人間なんてどうでもいいと思ってる。だから邪魔だと思えば想像したくないようなこともしでかすかもしれない。

「俺はクラゲ好きだよ。綺麗じゃないか」

話題を逸《そ》らし、俺はクラゲの水槽に顔を寄せた。

ゆらゆらと水の中を漂うクラゲの姿は、自分の気持ちに似ている。目的を失ってふらふらしてる。好きとか恋人の意味を摑《つか》みかねてふらふらしてる。そんな自分に。

曖昧で意味のない揺蕩《たゆた》いの中、クラゲは気持ち良さそうに見えた。

でも俺は、この曖昧さが居心地が悪かった。

その後は順路に沿って他の魚を見て回り、最後にお土産店に立ち寄って魚の形のクッキーを買った。

黒川が買ってやると言ったが、会社の人間へのお土産にするのだと言うと興味をなくして離れた。その代わり、クラゲの写真のポストカードを買ってくれた。

これは嬉しかった。

俺がクラゲが好きだって言った言葉を聞いていてくれた証拠。金にあかせた『人間ならこういうものが好き』で与えられるものじゃない。俺のためのものだから。

なので、素直にありがとうも言えた。

けれど昼食に高級レストランへ行こうと言われた時は、断った。

「どうしてだ。美味《おい》しいものが食べたいとは思わないのか？」

「そういうかしこまったとこは苦手なんだ。正直、マナーとかよくわからないし、ずっと他人に見られながら食事をするのも慣れてない。第一、今日のこの格好じゃ高い店に入るのは気が引ける。ファミレスぐらいが丁度いいよ」

「服装か……。確かにラフだな。わかった、律の行きたいところにしよう」

意外にもあっさりと予定を変更して、近くのファミレスへ向かう。

これがデートだからなのかな、今日の黒川は俺を優先させてくれる。

「暫く会えなくなるから、律の笑った顔が見たい。もっと笑ってくれ」

そんな殊勝なことも言う。

「俺、あんまり上手《うま》く笑えないよ」

「知っている。だからこそ、笑って欲しいんだ」

「楽しくないのに笑えない」

「何をしたら律は喜んでくれるんだろうな」

自分が喜ぶこと、か。

自分でもわからないな。禁欲的な生活が長かったから、欲しいものとかもないし、遊ばないことにも慣れてしまった。したいこともして欲しいことも思いつかない。

俺は何てつまんない人間なんだろう。

これじゃ黒川に飽きられる日も近いかも。

犯人捜しにやっきになってる時の俺の炎が好きだったのだとしたら、目的を遂げて空っぽになった俺には魅力はないかも。

そんな負い目があったから、食事の後に買い物へ行こうと誘われたのは拒まなかった。

たとえそれがブランドショップだったとしても。

入り口にドアマンが立ってる店なんて、生まれて初めて入った。

黒川は慣れた様子で服を見て回り、俺にも買わせようとした。

正確に言えば買ってくれようとした。

「こんな高い服買ったって、着て行く先がないよ」

「会社に着て行けばいいじゃないか」

「無理だね。こんなハイブランド、俺の給料じゃ買えないんだから、おかしいと思われちゃうよ」

「では、私と食事に行く時に着ればいい。服が合わないからと断られるのは切ない」

さっきのこと、気にしてたのか。

今日の黒川はずっと俺に譲歩してくれてるのはわかっていた。デートの目的地もおとなしめのところにしてくれたし、近づくな、恋人と口にするなという約束も守ってくれてる。

お土産は、ちゃんと俺の言葉を聞いて高価ではないものを選んでくれた。

食事も、高級レストランからファミレスに変更してくれた。

それに、暫くは会えなくなってしまうのだ。

少しくらい俺の方も歩み寄りを見せるべきだろう。

「そんな高いもの、アパートに置いておいても手入れはできないから。全部黒川のマンションに置いといてくれるなら、何買ってもいいよ」

買ってもらうのに酷《ひど》い言い草だ。でも彼のお金は働いて得たものじゃないし、俺は本当に欲しくはないんだから仕方ない。

それに、こんな偉そうな言い方をしても、黒川は嬉しそうだった。

「いいとも、では遠慮なく買わせてもらおう」

スーツとシャツ。違う店に行って靴にバッグに財布。さらに別の店で時計。

いったい幾らかかったのか、考えるだけでも恐ろしい。

「律はまだ若いのだから、明るい色がいいな。スーツばかりじゃなく、ラフな服も買おう」

「もう荷物いっぱいじゃん」

俺は両手に提げたブランドの紙袋を掲げた。

「ふむ。では一度車に置いてこよう。それで続きだ」

と言ってる黒川の手には、自分以上に多くの紙袋。中身は殆《ほとん》ど俺のものだ。

こんなにいっぱいブランドの紙袋を持ってるからだろう、行き交う人もチラチラとこちらを見ている。

それだけじゃないか。持っている黒川がイケメンだから、というのもあるだろう。

傍から見たら、俺は黒川の荷物持ちにしか見えないだろうな。

「普段使いのできるものも買えばいい」

「だから、ブランドものは普段着られないって」

「律が自分で買ったものでなければいいのだろう？　金持ちの友人がいらないからくれたと言えばいい。シーズンごとにクローゼットの中身をすべて入れ替える金持ちなどいくらでもいる」

「そんなの知らないよ」

「私は知っている。ああ、そうだ。その方式なら、お前に最高の部屋を与えられるな。友人が海外出張の間、留守番を頼まれてると言えばいいんだ」

「俺は今の部屋に愛着があるの」

買い物なんて、いつも一人で必要最低限のものを買うばかりだったから、こんなふうに似合うだの似合わないだの、安いだ高いだと誰かと軽口を叩きながら買い物をするのって初めてじゃないだろうか。

ちょっと楽しい。

俺が『これがいい』と買うことを決める度、黒川も嬉しそうに笑った。

思いの外買い物を楽しんで日が暮れた頃、黒川は買った荷物の中から幾つかを取り分けて俺に渡した。

「他のは私が車で持ち帰るから、律はこれに着替えてからもう一度私のところへおいで。恥ずかしくない格好になったら、ちゃんとした店へ行けるだろう？　昼食は律の望みを叶《かな》えたんだ、夕食は私の決めた店で食事をしよう」

「わざわざ着替えて？」

「デートのお迎えはやった、次は待ち合わせだ。ドレスアップして待ち合わせしよう」

黒川って、案外俗っぽいのかも……。

「いいよ。じゃどこで待ち合わせる？」

「律の家の側では嫌なのだろう？　私のマンションの近くにあるカフェにしよう」

「わかった。じゃ、俺は電車で帰る」

「車に乗っていかないのか？」

「ここで別れた方が、また会うって感じになるだろ。家まで送ってもらってからまた待ち合わせなんて変だよ」

「それもそうか。では、またカフェで。七時ぐらいだな」

黒川は抱き締めようと紙袋を持ったまま手を広げた。

「じゃ七時に」

それを無視して、受け取った紙袋を手に、駅へ向かって背を向ける。

「つれないな。まあいいさ。『今日』はまだ長い」

ブランドの紙袋を幾つも提げているせいか、他人の視線を受けているような気がして、早々にその場を離れた。

黒川の最後の言葉の意味に気づかずに。


悔しいけれど、黒川のセンスはいいと思う。

彼が選んでくれたコーディネイトは、俺みたいに平凡な人間がそれなりに見えるような出来上がりだった。

帰りにはいつもの服に着替えるつもりで、着替えの服を持って向かった待ち合わせ場所。

黒川は先に来てカフェに一人で座っていた。

嫌いだ、近づきたくない、無視しようと思っていた時にはあまり意識しなかったが、やっぱり黒川のかっこよさは異彩を放っている。

もし、他人だったら、きっと素直に『かっこいい』と褒めることができただろう。

けれど、どうしても素直になれない俺は、何も言わない。

黒川は俺を可愛《かわい》いだの何だのと褒めるけれど、自分のことを褒められなくても何とも思わないのだ。自分の容姿が優れていると知っているのか、頓着がないのか。

カフェを出て、彼の車に乗って夜景を見下ろす高級レストランへ。

料理はとても美味しかった。

思っていたより和やかに一日が終わる。

こういうデートなら時々はしてもいいかも、と思ってしまった俺は甘かった。

着替えるからと素直に付いていった彼のマンションで、黒川は豹変《ひょうへん》した。

「あと二時間は『今日』だな」

リビングに座って、そろそろ着替えをしようかと思っていた時に言われ、時計を見る。針は十時少し前を指していた。

「そうだな。でもそろそろ俺は帰る」

「何を言ってる。『今日』一日はお前は私のものだろう？　私の望みを叶えてくれる約束だ」

「だから付き合ったじゃないか。デートもしたし、買い物も付き合ったし、望みの店で食事もしただろう？」

「明日から暫く会えなくなるのだよ？　これで終わりなわけはないだろう」

黒川はにやりと笑った。

これは……。

嫌な笑いだ。

悪魔の本性がそのまま出ているような。

「律の可愛い姿をちゃんと目に焼き付けていかないと。寂しくなってしまう」

危険を察してソファから立ち上がろうとしたが、遅かった。

黒川が俺をお姫様抱っこで抱き上げる。

「ちょっ……！　黒川！」

「一秒でも『明日』になったら解放してあげよう。だが『今日』は私のものだ」

油断した。

ずっと俺のことを優先させてくれて、優しくしてくれていたから、何事もなく終わると思っていた。ただ俺を甘やかしたいだけなんだろうと。

でもそうじゃなかった。

黒川が俺の言うことを聞いてくれていたのは、優しくしていたのは、このためだったのだ。

「土曜は私のもの。『約束』と口にしたのは律だ」

買い物の後、『今日』はまだ長いと言っていたのは、今日一日は自分の好きにさせろ、という意味だったのだ。

「安心しなさい、優しくする」

そういう問題じゃない。

逃れようと暴れても、逃げられず、寝室へ連れ込まれる。

「そういう気分じゃないって」

ベッドに置かれ、上からのしかかられる。

「そういう気分にしてあげるよ」

黒く輝く瞳が覗き込むように近づき、唇が重なる。

強引ではなく、そっと触れた唇は、啄《ついば》むように何度も押し当てられた。

「黒川」

舌の先でぺろりと舐《な》められる。

「若いオトコノコだ。すぐにその気になる。相手は私なんだ。律はもう私の恋人だろう？　恋人とセックスするのは快楽以外のなにものでもないはずだ」

やはり、告白するのではなかった。

恋人という地位を与えるべきじゃなかった。

黒川はその一言を盾に、俺を好き勝手にできると思ってる。

彼が買ってくれた服を、彼が脱がす。

男が服を買ってくれるのは、脱がしたいという下心があるからだという俗説が頭に浮かんで消えた。

俺に買ってあげたいではなく、自分が脱がすために買ってくれたのか。何もかも、黒川が自分のためにやっていることなのか。

「黒川……！」

シャツを捲《まく》り、冷たい手が肌に触れる。

指先は目的を知っていて、滑らかに動く。

「あ……」

ゾクリ、と肌が粟立《あわだ》つ。

慣れてない身体《からだ》は、触れられてすぐに反応してしまう。若いからすぐにその気になる、と言われたみたいに。

反応なんかしたくない。快感を与えられたくない。そういう気分じゃないって言ったのに反応したら、本当に若いから誰にでも反応するみたいじゃないか。

……誰でもいいから。

側にいてくれるなら誰でもいいから好きになる。

触られれば、誰でもいいから反応する。

自分はそんな人間なんだろうか？

ちゃんとその気になってから、好きだから触れて欲しいと思って求め合うのが『恋人』なんじゃないだろうか？

一方が望むから、相手の意志を無視して求めるのは『恋人』なのか？

「やだ……」

ちゃんと、彼を好きだと自覚してから身を任せたい。

ちゃんと、好きだからするのだと言われてから求められたい。

「や……ぁ……っ」

でもそんな望みは叶わなかった。

俺はこの行為が快感に繋がることを知ってしまっていたし、彼はどうしたら俺が感じるかを知っている。

身体中を探られ、あちこちにキスをされ、男としての本能の部分に愛撫《あいぶ》を受けて快楽の波に飲まれてゆく。

「あ……、あぁ……」

「いい声だ。律」

耳に響く彼の甘い声。

彼の痛みのない挿入はより強い快感へ、俺を堕《お》としこむ。

肉体的には気持ちいい。けれど精神的には罪悪感と後悔ばかりの行為。

それでも、俺は絶頂を迎えてしまう。

「あ、あ、や……っ！」

俺にとって、この時間は一番嫌いな時間だった。


結局その晩は動けなくて泊まるしかなかった。

翌朝、目を覚ますと隣に寝ていたはずの黒川はいなかった。

朝食の支度でもしているのかと思ったが、そうではないようだ。

けだるい身体を起こしてリビングへ行くと、テーブルの上に一枚の紙が置かれている。

『すぐに戻る』

黒川の書くものを見たのは初めてだが綺麗な字だった。

もう出掛けてしまったのだ。

やはりあいつは何もわかっていない。残される者の気持ちなど考えていない。

「……手紙を残していくだけでも、まだマシか」

主《あるじ》のいなくなった部屋で、シャワーを浴び、持参した服に着替えてマンションを出る。

黒川のいない部屋に、長居をしたくなかった。

突然一人になるのは、いつまで経《た》っても慣れない。いなくなった者は戻ってこないこともあると知っているから。

休日の午前中、空《す》いた電車に乗って戻るアパート。

空腹を抱えていたので、近所のコンビニでおにぎりを買って帰り、部屋でそれを食べると自分のベッドで寝直した。

何も考えたくない。

恋のことも、セックスのことも、黒川のことも。

どうせ暫く彼はいないのだ。

元々黒川はずっと自分の側にいたわけじゃない。時々姿を見せるだけだった。その時に戻ったと思えばいい。

好意を抱いて、付き合って、お互いをよく知って恋愛に発展するという当たり前の手順を踏まないこの恋は、恋と言えるのかどうか。

そのことも、今は考えたくなかった。

『いない』という寂しさは、思い出さなければ薄れると知っていた。

だから、黒川が戻ってくるまで彼のことは忘れることにした。

彼がいないと『寂しい』と思っていることも。

自分にはすることがいっぱいある。

週が明ければ、いつものように仕事が待っている。

俺の生活の主体は、『両親を殺した犯人捜し』から、『働くこと』になったのだ。

平凡と言われるかもしれないが、自分にとっては平穏な生活の始まりだ。

働くことは好きだった。

未成年の時は、両親がいないというだけで色々と言われてきた。けれど社会に出てしまえば家族のことを話さない人はザラだし、人物を評価するのは仕事の出来だ。

そうではないところもあるだろうが、少なくとも俺が勤めている『ウォーター・リリー』というウェブデザインの会社は、仕事で人を評価してくれるタイプだ。

上司の上田《うえだ》さんも面倒見のいい人で、何もわからない俺に色々と教えてくれる。

時々体育会系的なノリもあるけれど、それがまた親しみやすさに繋がっている。

上田さんは、俺に求めてくれる。

こうしろ、ああしろと要求する。

もちろん、仕事のことだけれど。

それが心地よかった。

自分にできることがあるのだと思わせてくれるし、要求する程度には信用されているのだろうと思えて。

何も期待していなかったら、何も要求はしないだろう。

「このシステムは覚えとけ」

「『グリッシー』のデザイナーの過去作は見とけよ」

「西洋風の館の写真探せないか？　あからさまに洋風っていうより、大正時代の和洋折衷な感じの」

難しいことではないけれど、言葉の中に『お前ならできるだろ？』って響きを感じる。

一方的ではないのだ。

覚えて欲しい、覚えたら自分を手伝って欲しい。勉強して成長しろ、自分のサポートをしてくれ。上田さんと自分のキャッチボールみたいなものだ。

黒川は、いつも一方的だった。

俺に何をして欲しいかとは訊くけれど、彼から俺にこうしてくれとは望まない。彼が要求することは、彼のためのものであり、命令だ。

一方的にボールを投げられるけれど、俺からのボールは求めない。

……あいつのことは考えないって決めたのに、また考えている。

忘れようとまた仕事に没頭し、仕事の中でまたふっと彼を思い出す。

そんなことを繰り返して一日があっという間に終わってしまう。

『ウォーター・リリー』はホワイト企業なので、定時でアガリ。

戻れば一人の夜。

一人になったら、また黒川のことを考えるんだろうか？

今まではこんなに気にしてなかったのに、恋人になったから？　恋人だという自覚もないのに？　自覚がないから気になる？

こんな日に限って、いつも飲みに誘ってくれる上田さんからのお声掛かりはなく、自分から飲みに誘う気にはなれない。誘っても、話題がないので。

こういうところが、消極的で人付き合いが悪いと思われるところだろうな。

俺はパソコンの電源を落として会社を出た。

もう『やらなければならないこと』はないのだから、もっと遊びを覚えた方がいいな。ゲームとかやれば、話題もできるし。

目的を失ったままの空っぽの時間だから、あいつのことを考えてしまうのだ。他に何もないから。

一人でも時間を潰す方法を覚えないと。

今日のところは、家に戻ってまたデザインの勉強でもするか。

そう思って歩きだした時、突然近くに停《と》まっていた車のドアが開いた。

危ないな、と思って一歩下がる。

だが降りて来た男の人は真っすぐ俺を見ていた。

「今晩は」

「……はあ」

見知った人だろうか？　俺は彼を上から下まで見回した。

高級そうなスーツを着崩している、ちょっと遊び人風の色男。年齢は上田さんよりちょっと上くらい？

いや、覚えはないな。

ということは変な人？

避けて先へ行こうとすると、彼は進路を塞ぐように身体を動かした。

「何か用ですか？」

掛けていたメッセンジャーバッグの肩紐《ひも》を握り締めて身構える。

「君、黒岩《くろいわ》と一緒にいただろう？　だから少し話がしたくて」

黒岩？

「そんな人知りません」

「そんなことはないだろう」

相手は笑顔を浮かべたまま、一歩前へ出て、俺に手を差し伸べた。

「なあ、ゆっくり話をしよう。それがお互いのためだよ」

笑顔だが、目が笑っていない。

これはオカシイ人だ。

「森永《もりなが》？」

名前が呼ばれる。

振り向くと、丁度会社から出てきた上田さんと井上《いのうえ》さんが立っていた。

「どうした？　道の真ん中に突っ立って」

「この人が……」

上田さんの問いに答えようとした時、男は車に乗り込み、俺の横ギリギリを走り抜けた。

「あっぶねぇな」

井上さんが毒づく。

「知り合い？　昔の悪い友達とか？」

「森永に限ってそんなワケないだろ」

井上さんの言葉に、間髪容《い》れず否定をしてくれる。上田さんに信用されてるんだ、と思うとちょっと嬉しい。

「全然知らない人です。突然知り合いと一緒にいただろう、話をしようって。お二人が出てき

てくれてよかったです」

「他人が来たら逃げ出すってのは、後ろめたいところがあるんだな。何かの勧誘だったんじゃないか？　森永真面目そうだから」

「俺、お金なんか持ってないですよ」

「金持ちじゃない方が狙われるらしいぞ。もうちょっと頑張れば大金に手が届くって人間のが引っ掛かるんだそうだ」

「何だ。井上、経験者か？」

「人から聞いた話。大金持ちはケンカせず、貧乏人は身の丈を知り、小金持ちが一番貪欲だって。何となく頷けるよな」

言ってから、井上さんは車の走り去った方をちらっと見た。

「にしても、いい車だったな。型は古いが、結構な値段するぞ」

「型が古いなら中古だろ」

「中古でもまあまあするはずだ。ま、俺達には関係ないけどな。森永、まだそこらにいるかもしれないから駅まで一緒に行くか？」

「はい。お願いします」

「何なら付き合うか？　一杯飲むけど」

「いいんですか？」

俺が聞き返すと、二人は『おや？』という顔をした。

「珍しいな、いつもは直帰なのに」

今までは、することがあったから、突発的な誘いは断っていた。直属の上田さんからの誘いは別として。

だから俺が行く気を見せたのに驚いたのだろう。そしてこんな誤解もした。

「よほどおかしい人間に声かけられたのが怖かったんだな」

そういう訳ではないのだけれど。

「社会人として、人付き合いは大切だって思うようになったんです。それにお二人と一緒なら身になる話も聞けそうですし」

「そう言われると辛いな。バカ話ばっかりだから。でもいいや、森永がその気になってるなら行こう、行こう」

人懐こい性格の井上さんは、笑って俺の肩を抱いた。

言った通り、先輩二人の飲みに同席させてもらうのは勉強になるかもと思ったのもそうだが、一人になりたくなかったから、この誘いは渡りに船だ。

「お酒、あまり強くないんで食い専門ですけどいいですか？」

「ビールくらい飲むだろ？」

「はい。そのくらいなら」

三人で歩きだしながら、もう俺は変な男のことを忘れていた。

驚きはしたけれど、自分にかかわりのある人間じゃない。たまたま声をかけてきただけの者を覚える必要はないと思って。

だがそれは間違いだった。

車の男は、自分にかかわりのない人間ではなかった……。


それを知ったのは、翌日の帰りだった。

定時、いつものように先輩達に一声かけてから会社を出る。

今日は上田さんは納期の近いデザインをもう少しこねくり回したいからと自主残業。井上さんや他の人達も三々五々退社していた。

駅に向かう途中、大通りに出る角にあの男が立っているのが見えた。

相手も俺に気づいて、近づいてくる。

「森永くん?」

「……どうして名前を」

「昨日、君の知り合いの人がそう呼んでたからね。そう身構えないでくれないか。怪しい人間じゃないつもりだ」

彼は近づき、一定の距離を置いたところで止まった。

「君と話がしたいんだ」

「俺はあなたを知りませんよ」

「ああ、初めまして、だね」

「初対面の人と話をする理由はありません」

人通りがないわけじゃない。声を上げれば、誰かが気づいてくれるだろう。

だったら相手が紳士的に振る舞っている間は話を聞くべきかな、逆上されても困るし。

「君、黒岩と一緒にいただろう?」

「だから、昨日も言いましたけど、黒岩なんて人は知りません」

「じゃ、今は違う名前なのかな? 土曜日、君、銀座《ぎんざ》にいただろう、彼と」

銀座……。

俺はハッとした。

彼の言っている人物が誰なのかがわかって。

「ああ、やっとわかってくれたね。そう警戒しなくていい。私は人間だ」

『人間』という単語を使うことが、そうではない者を知っているということだ。彼の言う『黒岩』とは、『黒川』のことなのだと確信した。

俺が気づいたことで、男は距離を詰めてきた。

スーツの内ポケットから名刺入れを取り出し、一枚抜き取ると差し出した。

「確かに、初対面の見知らぬ人間から声をかけられたらビックリするよね。ちゃんと名乗るべきだった。私はこういう者だ」

名刺を見ると、そこには『輸入家具バーゴ　代表取締役　藤倉春人《ふじくらはると》』とあった。住所も電話番号もサイトアドレスも明記されている。見せかけの名刺ではなさそうだ。

「代表取締役って……、社長さん？」

「一応ね。君はあそこで働いてるの？　それとも社長？」

「俺はぺーぺーです」

「へえ、そうなんだ」

何故意外そうな顔をするのだろう。俺の歳《とし》なら当然の答えのはずなのに。

「今、あの男は何て名乗ってるの？」

「あの男って……」

「今更知らないフリはしなくていいよ。一緒に買い物してる姿、見てるんだから。随分と色々買い物してたじゃないか」

あの時、人に見られている気がしていた。

だがそれはブランドの紙袋をいっぱい提げてることに興味を持たれてるのだろうと思ってい

た。その視線の中に、この男の視線もあったのか。

「あの男の話をするのに、立ち話も何だろう？　どこか入ろうか」

「あなたと話をするつもりはありませんよ」

「話をした方がいいと思うがね。私は君の先輩なんだし」

「先輩？」

「私と黒岩との関係、知りたいだろう？」

　黒川とこの人の関係……。

「警戒されてるみたいだから、君の案内する場所でいいよ。考えつかなければ、私の行きつけの店へ案内するが」

　頭の中で、ぐるぐると考えが巡る。

　彼の言う黒岩って、絶対黒川のことだろう。そしてこの人は黒川が、人間でないことを知っている。俺も知っているとわかってる。

　話をするべきだろうか？

　でも何を？

「ほんのちょっとでいいんだよ。何なら、そこのカフェでもいい」

　彼は近くのチェーン店のカフェを指さした。

　迷う。

「……わかりました。そこでコーヒー一杯分なら」

「ありがとう」

身元ははっきりしたけれど、怪しい人に違いはない。なのに彼の話を聞く気になってしまったのは、知りたかったからだ。

俺は、黒川のことを少しも知らなかった。

彼が悪魔であること、自分の炎に興味を持っていること。それ以外の何も。

自分の知らない黒川のことを知っている人物かもしれないと思うと、興味が湧いた。

俺は藤倉さんと共に、すぐ近くのカフェに入った。

奢《おご》ると言うのを断って、お互いコーヒーを頼む。

「人に聞かれない方がいいから、隅に行こう」

という言葉に反対はしなかった。他人に話を聞かれたくなかったし、帰りがけの会社の人間に見られるのも避けたかったから。

パーティションで仕切られた、向かい合わせの二人席。

俺はもう一度目の前に座った人物を観察した。

身なりは高級そうだ。時計も、よくわからないけどブランド物だろう。前髪を長く伸ばしているせいでサラリーマンっぽくはなく、それが彼を遊び人っぽく見せている。だが襟足はちゃんと短くしていた。

顔立ちは、少し痩せぎすだが整っていると思う。

社長、という肩書が似合う人だ。

「まず確認しておくが、私に付いてきてくれたということは、君も彼の本性を知っているんだね？」

何と答えるべきだろう。

戸惑っていると、彼は笑った。

「まあそうだね。いきなり『悪魔』とか言ったら厨二病《ちゅうにびょう》っぽいものねぇ」

「……藤倉さんは、黒……黒岩の知り合いなんですか？」

俺が訊くと、彼の笑いの質が少し変化する。

「彼は今、『黒岩』じゃないんだろう？　私に名前を教えるのが嫌かい？」

嫌だ。

だが子供じみた独占欲を知られたくなくて、ごまかした。

「そんなことはないです。ただ、あなたがそう呼んだから」

「じゃ、教えてくれるかな。彼が今名乗っている名前」

「……黒川です」

「黒川、ね。相変わらず『黒』が好きなんだなぁ」

黒川のことをよく知っているという口ぶりに、胸の奥がチリッと焼ける。

これもまた子供じみた独占欲のせいだろうか。

「それで、話したいことっていうのは何です？」

この人と長く話したくない。俺は紙コップのコーヒーに口を付け、話を促した。

「ああ、簡単なことだよ。私を黒川に会わせてくれないか？」

「勝手に会えばいいじゃないですか」

「そうはいかない。君が今の契約者だろう？　筋は通さないと」

「契約者……？」

「あの悪魔と契約してるのだろう？　だから一緒にいる。随分と色々買ってもらってたじゃないか。契約内容は『贅沢《ぜいたく》がしたい』かな？」

「何を……」

銀座で見かけたと言っていた。黒川とのあの買い物を、俺が彼に買わせていると誤解しているのか。

「ごまかさなくてもいい。私もそうだった」

「『そう』？」

「そう。私も契約者だった。だから君の先輩さ」

藤倉さんはにやりと笑った。

「もちろん、前の契約は終了している。だがもう一度彼と契約したくてね」

黒川が……、藤倉さんと契約していた。

悪魔なら当然のことなのかもしれないけれど、それが酷くショックだった。

だって、目の前にいる藤倉さんはどう見ても四十はいってない。ということは、黒川が俺に契約しろと言ってうろついていた時、彼はこの人と契約していたということになる。

「一度に複数の契約を結ぶこともできるそうだが、黒岩は……、失礼、黒川はそれを好まなくてね。なので、君の契約が終わってからでもいい、私の願いを叶えて欲しいんだよ」

契約……。

俺が気に入ったから契約しろとしつこく迫っていた黒川。

あいつはこの人のことも『気に入って』たのか？

「彼と知り合ったのは大学卒業してすぐだった。今から十年近く前だね」

十年。では俺と知り合う前か？　それとも出会った頃か？

「私達は上手くやっていた」

大学卒業してすぐならば、今の自分と同じくらいの歳だ。

今でも見目のよい藤倉さんは、きっと目を惹く青年だっただろう。

「ちゃんと円満に契約は終了した。だがその後会えなくなってしまってね、寂しかった。だからもう一度彼と会いたいんだ。君の契約の邪魔はしないと約束するよ」

「俺は……、契約者じゃありません」

「そんな嘘《うそ》をつかなくても」

「嘘じゃありません。それに、黒川は今居ません」

「いない？」

「どこか友人のところへ行くと言って姿を消しました。いつ戻るかも聞いてません」

「友人」

藤倉さんは顎に手を当てて考え込むポーズを取った。

「だが『今』居ませんなんだろう？　いつかは君のところに帰ってくる」

「わかりません。言ったように、俺は彼と契約なんかしてないんですから」

「契約もしてないのにあんなに買い物をしてもらった？　失礼だが、君のその様相からすると自分のお金で買い物をしたとは見えない」

「あれは……。黒川の買い物に付き合っただけです」

「契約もしていないのに買い物に付き合う？　矛盾してるね。それとも君は彼と友人だとでも言うのかな？」

「友人なんかじゃありません。たまたまの知り合いです」

俺は紙コップを持ったまま立ち上がった。

「話がそれだけならこれで失礼します。他に用事がありますので」

「森永くん」

もやもやする。

「黒川に会いたいなら自分で捜してください。用事が済んだらそこらをふらふらしてるでしょうから」

気持ちが悪くなるほど、もやもやする。

「森永くん」

名前を呼ばれたが、無視するように頭を下げ、席を離れる。

まだコーヒーが残っている紙コップを持って、速足で店を出てしまった。

藤倉さんは追って来なかった。

騒ぎを起こしたくないのか、俺の勤め先を知っているという余裕からなのか。どちらにしても、きっと彼はもう一度俺の前にやって来るだろう。

会いたくない。

胸の中に生まれたもやもやが、形を取る。

今まで、俺と黒川の間には誰もいなかった。黒川は俺だけを見ているのだと思っていた。

黒川から友人という言葉を聞いた時にも、意外だと思ったけれど、彼の友人ならば同じ悪魔で、その付き合い方は自分とは違うものなのだろう。

でも人間が、俺と同じ人間が黒川の前に立っていたなんて。

あいつは、藤倉さんにも同じことを言ったのだろうか？

気に入ったから契約しろ、と。

そこまで考えた時、またムカムカして気持ちが悪くなってしまった。

若い藤倉さんと黒川が並ぶ姿が頭に浮かんで、何故か怒りに似たものが込み上げてくる。

『そんなこと、聞いてない』

裏切られた気分になって……。


どうしてだか、家に帰る気になれず俺は黒川のマンションへ向かった。

美しく整えられた広い空間。

黒川がいないというだけで、妙によそよそしく感じる。

そうだ、黒川はいないのだ。ここに来たって意味はないのに。

本人がいれば問いただすこともできるだろう。でも俺には彼を呼び出す術はない。これもまた一方的なことだ。彼は会いたい時に勝手にいつでも俺の前に現れるのに。

革張りのソファに座って、まだ手に握っていた紙コップのコーヒーに口を付ける。

冷えきったコーヒーは、味がしなかった。

藤倉さんが大学生の時、黒川とどうやって出会ったのだろう？

黒魔術みたいなもので悪魔を呼び出した？　そういうタイプには見えない。となれば、きっと黒川が彼に興味を持って姿を見せたのだ。

黒川は自分に興味がないものには目も向けないもの。

興味を持って契約を持ちかけた、その代償は何だったのだろう？

俺と同じ？　それとも別？

藤倉さんを……、抱いた？

黒川が俺にしたことと同じことを若い藤倉さんにした？

胃の辺りが、またムカムカしだす。

十年近く前ならば、俺に声を掛けてきたくらいか、その後ぐらいのはずだ。藤倉さんを抱きながら俺にコナをかけたのか？

いや、抱いたなんて誰も言っていないじゃないか。

でもそれ以外にどんな代償がある？

お話の中では、よく悪魔は魂と引き換えに願いを叶えると言われている。でも藤倉さんは生きていた。

少なくとも魂以外のものを支払ったのだろう。

何でもできる黒川が他に欲しがるものなんて考えつかない。

会えなくなって寂しいと藤倉さんは言った。

寂しくなるほど親密だったのか？

「……俺が特別だと言ってたクセに」

自分は特別ではなかった。

自分と同じような人間が他にもいた。

それを教えてもらっていなかった。

悔しくて、腹が立って、……悲しい。

こうなって初めて気づいた。

俺は、黒川が自分だけのものだと思っていたことに。

ずっと自分だけを追いかけて、自分だけを望んで、自分だけを抱くのだと。

彼の気まぐれでいつ別れるかわからないと思いながら、彼は自分を捨てないとどこかで信じていたことも。

だから、素っ気ない態度をとっていられたのだ。

最初から、黒川は気まぐれだからいつ別れても仕方がないと思っていた。好きだと言えたのも、彼が自分から去ってゆくと思っていたからだ。

最後に自分の気持ちだけは伝えたいと。

別れても仕方がない、は俺と黒川の間のこと。

黒川が自分以外の人間の手を取ることは考えていなかった。

自分より気に入った人間が現れたら、なんて想像の中だから言えたこと。実際にその対象が目の前に現れたらこんなにもショックなのか。

これは……、『子供じみた独占欲』か。

自分の側にいてくれた人間が他人に取られると思って悔しいのか。

紙コップに口を付け、中身がなくなっていることに気づいてグシャリと握り潰す。自分の内側に溜《た》まった『何か』を吐き出すように。

この『何か』は何なのだろう。

嫉妬。

認めたくないが、昔の黒川を知っている、自分のように黒川に望まれた人間に嫉妬しているんだ。

それでも、この嫉妬が恋なのかどうか、はっきりできなかった。

はっきりさせたくなかった。

恋をしても報われない、とわかっていたから。

マンションに泊まることはしなかった。

主のいない部屋は寂し過ぎるから。

寂しい、と思うのは望んでるからだろう。

俺は黒川が欲しいと思っている。

それを思い知るのが嫌だった。

自宅近くのラーメン屋で夕食を摂り、部屋に戻ると俺は藤倉さんの名刺を取り出して書かれていた会社のサイトを見てみた。

株式会社バーゴは、ちゃんと存在していた。

バーゴというのはおとめ座という意味があり、社長の藤倉さんが八月生まれのおとめ座なので付けたと書かれていた。

輸入家具の販売をしていて、かなり高級なものを扱っている。

彼が乗っていた車を井上さんがいい車だと言っていたから、金回りはいいのだろう。身につけていたものも高級そうだったし。

何でも持っていそうな人が、一体何を黒川と契約したのだろう。

やっぱり、気に入ったから?

藤倉さんは、俺と黒川が契約をしているのだと誤解していた。

黒川の側にいる人間は契約者でしかないということなのか。

あの人は、どれだけ黒川と一緒にいたんだろう?

あの人の側で黒岩と名乗っていた時、黒川はどんなふうに振る舞っていたのだろう。

知りたい気もしたし、知りたくない気もする。

知ってどうするんだ、とも思う。

黒川が自分から離れていくという不安より、あいつが俺以外の人間を気に掛けることにモヤッてる。

他のヤツに目を向けるな、と思ってる。

これは初めての感情だ。

部屋の中の暗闇に目を向ける。

そこにいない黒川の姿が目に浮かぶ。

いつだって、いらないと思う時には姿を見せるのに、どうしてこんな時だけいないんだ。

『律』

と俺の名を呼んだように、藤倉さんも下の名前で呼んだのか？

『お前が欲しい』

とあの人にも言ったのか？

その大きな白い手を、あの人にも伸ばしたのか？

闇から顔を逸らして明かりを見つめる。そこには誰もいない。

誰もいない……。

黒川がいない。

暫くしたら戻ると言ったけれど、暫くって何時《いつ》なんだろう？　人間とは時間感覚が違っていたら、それは数カ月、数年単位なのかも。

考えていなかったことを考えて、ふいに背中が寒くなった。

俺は……、黒川に甘えていた？

彼を拒むフリをしながら、彼が自分から離れないと信じていた？

急に、何もかもが怖くなった。

黒川が自分よりも興味のある者に向かってしまったら、自分はどうなるのか。想像ではなく現実にそうなったら、自分はまた一人になるのだという恐怖。

会社の上司や同僚はいる。

でも俺のことを『知って』いてくれるのは黒川だけだ。黒川の代わりはいないんだ。

その黒川を失うことが、どれほどのことかに気づいて……。


翌日、出社すると、上田《うえだ》さんから顔色がよくないと言われた。

「考え事をしてたら寝そびれて」

とごまかして笑うと、上田さんは心配してくれた。

「寝られないくらいの心配ごとがあったのか？　俺でよかったら相談に乗るぞ？」

優しい人だ。

でもこの人は『俺のもの』ではない。

俺が心配をかけたり、好き勝手なことを言ってもいい相手ではない。

「それほどじゃないんですけど……」

「ひょっとして、この間の男のことか？」

「この間の？」

「ほら、車の」

藤倉《ふじくら》さんのことか。

当たっているといえば当たっている。

「いえ、結局知り合いの知り合いだったみたいです」

「また会ったのか？」

「はい。ちゃんと名刺もいただきました。輸入家具販売の会社の社長さんみたいです」

「ふぅん、新興宗教やネズミ講じゃなかったんだ」

「違いますよ」

「壺《つぼ》売られそうになったら、言えよ。俺が出てってやるから」

「ありがとうございます。でもそうなったら自分でも断れます」

「そうだな、森永《もりなが》は芯が強そうだからな。じゃ、悩み事ってのは何だ？　恋愛ごとか？」

恋愛、と言われて返事が一瞬遅れた。

「違いますよ」

けれどその一瞬を、上田さんは見逃さなかった。

にやっと顔を崩して隣のデスクに座る俺の頭をガシガシと撫《な》でた。

「そうか、そうか。そういうのだと俺は苦手だから相談には乗れないが、愚痴なら幾らでも聞くからな」

「違いますって」

「わかった、わかった」

彼の中ではもうすっかり俺の悩みは恋愛ごとと決められたらしい。

恋愛ごと、なんだろうか？

「俺の悩みは恋愛ごとじゃないですけど、素朴な疑問として訊《き》いていいですか？」

「うん？　何だ？」

「恋愛かどうかって、どこで見分けるんです？　友情とか、親愛とかと恋愛って何が違うんでしょう？」

他愛のない質問なのに、上田さんはわざわざ向き直って、真面目な顔をした。

「難しい問題だな」

「そう……、なんですか？」

「一番簡単なのは、相手と性行為に及びたいと思うかどうかだが、そういう欲望がなくてもただ一緒にいるだけでいいって気持ちもあるだろうしな。人それぞれだと思う」

「上田さんは……、恋人います？」

「いるよ。だが結婚には迷いがある。なので、お前の質問は俺も考えてることだ」

　意外な答えだった。

　上田さんに恋人がいるということじゃない。この人ならいてもおかしくない。ただこの、はっきりした性格の上田さんでも、恋愛について悩んでると口にすることが、だ。

「一緒にいて楽しいが、一緒に生活するとなると悩む。かと言って他人に持っていかれることを考えると腹が立つ」

　腹が立つ……。

「やっぱり女は結婚って契約が欲しいんだろうが、それに応えられる自信が自分にないとな」

「結婚は契約ですか？」

「そうだろう？　一生相手のものになるって約束なんだから。ま、今時はクーリングオフ可能だけどな」

　最後は茶化して笑ったけれど、そうはしたくないから悩んでいるということなのだろう。

「俺、恋愛って周りが見えなくなるほどのめり込むものかと思ってました」

「そういうのもあるだろうが、誰もがそんな情熱的な恋愛ができるわけじゃないさ。俺なんかなああなあで五年だからなぁ。ときめくってこともないし」

何だか途中から話題の主体が上田さんに移ってしまった気がする。が、その方がいいか。

「でも好きなんですよね？」

「まあそうだな。ただ覚悟がなぁ」

「覚悟ですか？」

「森永は、どうしたら結婚しようって思う？」

「俺は結婚なんて考えたことないです」

「だから今考えてみてどう思う？」

結婚……。

結婚が契約なら、黒川と契約するかどうかってことを考えればいいのか？

「俺は、契約で縛られるのは何か違う気がして。何にもなくても一緒にいてくれるのがいいと思います。ただそれだとどうして一緒にいたいのかが曖昧で。一人になりたくないからか、その人が好きなのかがわからなくなる、……んじゃないかなって想像します」

本音を語れないので、最後は『想像』という言葉を使った。

「どうして一緒にいたいか、か。そうだよな、そこ大切だよな」

上田さんはそう言うと考え込むように黙ってしまった。

きっと真剣に相手の女性とのことを考えているのだろう。

でも、恋愛の正解を、この人も知らないのかと思うと少しほっとした。俺だけが未熟で何もわからないのかと思っていたから。

その後も暫《しばら》く上田さんは考え込んでいたが、ふっと我に返って笑いながら頭を掻《か》いた。

「いや、スマン、スマン。変な感じになっちゃったな。恋愛がどうとかって話なら、その人がいなくなってもいいかどうかを考えればいいんじゃないか？　嫌だなって思えば、取り敢《あ》えず恋愛はしてると思うぞ」

「上田さんは、彼女さんがいないと嫌なんですね？」

俺が訊くと、上田さんに軽くデコピンされた。

「俺はいいの。もっと現実的で差し迫った問題なんだから。それより、これのコーディングＣＳＳで頼むぞ」

「はい」

上田さんと話して、少しだけすっきりした。

俺は、何にも知らない。でも他の人も何でも知ってるわけじゃないし、悩んでることはあるのだとわかって。

感覚は人によって違う。

人間でも違うのなら、人間と悪魔の感覚が違っていても当然だろう。だとしたら、自分が考えるのは黒川がどう思ってるか、じゃなくて俺がどう思うかなんだろう。

『その人がいなくなってもいいかどうかを考えればいいんじゃないか？』という問いなら答えは出ていた。

いなくなったら嫌だな、って。

他の人に取られても嫌だ。

だったらこのままでも、恋愛してると言っていいのかもしれない。

恋人、と連発されるのはまだ戸惑いがあるけれど、心積もりは恋人でもいいのかも。

藤倉さんというライバル（？）が現れて、迷ってる暇はないと思っただけかもしれないけど。

一日の仕事が終わって、帰宅時間になった時、俺は自分から上田さんを飲みに誘った。

「珍しいな、森永からのお誘いは」

「恋愛の話、もっと聞きたいと思って」

とは言ったが、本当は藤倉さんを警戒してのことだった。

もしかしたら、また彼は俺を待ち伏せているかもしれない。でも彼は他の人の前では俺とコンタクトを取ろうとはしない。

だから上田さんと一緒なら声を掛けられずに過ごせるだろうと考えてのことだった。

「語るほど恋愛に造詣が深くはないが、一般論ならいいぞ」

「俺、恋バナって初めてです」

「可愛《かわい》いことを。よしよし、じゃあたっぷりしような」

その日、思った通り藤倉さんは俺の前に姿を見せなかった。

もう一度来る、と思っていたのは考え過ぎだったのかもしれない。

彼を警戒していたけれど、その後数日経《た》っても、彼が再び姿を見せることはなかった。

このままやり過ごせるかもしれない。彼は街中で黒川を見かけて、ちょっと懐かしくなっただけで、そんなに固執はしていなかったのかもしれない。

藤倉さんは、契約者で、ビジネスライクな付き合いだったのかもしれない。

そんな風に頭を切り替えた頃、黒川は帰ってきた。

たまたま、偶然、俺が彼のマンションに立ち寄った日に。


「私がいなければ、律《りつ》はここに来ないかと思っていた」

コーヒーを淹《い》れてる背中から抱き着いてくる腕。

「うわっ、危ないだろ！」

サーバーからカップに注いでいる最中だったので、俺は声を上げて怒った。

本当は抱き締められてビックリしたからなのだけれど。

「火傷《やけど》してもすぐに治してあげるよ？」

「火傷したら痛いだろ。……飲む？」

「律が淹れてくれるなら」

「リビングで待ってろ」

腕ごと包むように黒川が触れてきた感覚が消えない。

何かされたんだろうか。いつまでも抱き締められてるみたいな感じだ。

それが嫌で、腕を強く摩《さす》ってから、カップを持ってリビングに向かった。

ソファに足を組んで座っている黒川の姿に、何故《なぜ》かほっとする。この部屋に欠けていたものが埋まったような気がして。

「はい」

カップを渡し、自分も隣へ座る。

「用事、済んだんだ？」

「いや、もう少し。ただ律に会いたくなってね。顔を見に戻ってきた」

「用事、何だったの？」

俺が訊くと、彼はにこっと笑った。

「興味がある？　嬉《うれ》しいね。律が私のことを尋ねてくれるなんて」

「別に、何となくだよ」

「それでも、何となく興味を持つようになってくれたのだろう？　嬉しいよ」

カップを持っていない方の手で、彼は俺の肩を抱いた。

「少し離れてみるものだな。こうしても逃げない」

「これくらいならな。これ以上はしない」

「これ以上？　キスとか？」

「しない。用事のこと、ごまかしてる？　訊かれたくない？」

「いいや。別に言ってもいいが、律はあまり好きな話題ではないと思うな」

「聞いて嫌だったらもういいって言う」

意識が、肩にある黒川の手に集中する。

キス、したいのかな。してもいいのかな。

セックスは得手じゃないけど、軽いキスなら……。いや、そうなったらすぐにその先までするに決まってる。ちょっと寂しかったからって甘やかしたくない。

「友人が、ある人間と契約してね。人を殺さなければならなくなった。だが失敗した。契約した期間内にその人間の命を奪うことが出来なかった」

「……悪魔でも人を殺し損ねるんだ」

「いや、その人間が強運だったんだな。飛行機が墜落すれば、大抵の人間は死ぬだろう？　それで飛行機を落として安心していたらそいつが生きていたので、その後に続く問題が複雑になった。本来なら、その男が死んで、その男の財産が契約者のもとへ行くはずだったのだが、生き残って遺言書を書かれた。別の人間に譲る、と」

「失敗したんだ」

「失敗は許されない。返りがあるからな」

「返り？」

「対価を受け取ることもできないし、悪魔自身にもペナルティのようなものがある。力を削られるとか、肉体の一部を失うとか。なので、上手《うま》く辻褄《つじつま》を合わせて、契約者に財産が譲られるように画策している」

「そんなの、遺言状を書き換えればいいんじゃないの？」

「弁護士が遺言書を見ている。他の人間も。記憶を改ざんしても細かい齟齬《そご》が出る。後になって問題が起きるようでは契約完了とは言えない」

意外だった。

どんなことでも悪魔なら指先一つでカタがつくのだと思っていたのに。

「もっとも、私ならもっと上手くやったがね。事故の時にちゃんと絶命したのを確かめるまで見守った。友人はそういうところが雑なんだ」

雑な悪魔って何だか変な感じだ。

「契約者は、男の息子だった。人間とは面白い。律のように親が殺された恨みを晴らしたいと願う者もいれば、そいつのように金のために親を殺す者もいる。何に愛情を抱くのか、それぞれなのだろう」

「愛情？」

「お前は人に、そいつは金に、だ。私は律の方が好きだな。金に対する愛情は欲でしかない。欲ならばどこにでもある」

「……親に対する愛情だって、どこにでもあるよ。その息子の方がおかしいんだ」

「そう言えるのは律だからだ」

彼は嬉しそうにふふっと笑った。

ちょっと優しげに見える笑みで、嫌いじゃない。

「実際、今の話を聞いて怒っているだろう？」

「そりゃ怒るよ。人の死を願うのはよくないことだもの。まして親のことをなんて」

「だが、現実では血の繋《つな》がりのある人間の方が憎しみを抱くことが多い。親が子の、子が親の死を願う。兄弟姉妹もあるな」

「そっちが特殊なんだって」

「そう考える律が好きだよ」

「悪魔なのに、情がある方が好きだなんて変なの」

「情など関係ない。私は迷いのない気持ちが好きなのだ。優柔不断な魂を望む者もいるが、私は強い心が好きだ。その強い気持ちで私を見つめてくれる律が好きだ」

「別に見つめてなんかいない」

好き、と言われて心が揺れる。

自分も、言った方がいいかなって。でもその勇気が出なかった。自分にとって誰かを『好き』と言うのはとても重要なことなのだ。

黒川みたいに軽々しくは口に出せない。

「黒川はスマホとか使わないのか?」

「スマホ?」

「何か用がある時とか……、どうやって連絡したらいいのかと思って」

「スマホか、必要はないな」

連絡したい時がある、と言ったのに必要ないと言われてちょっとショックだった。やはり一方通行なのか、と。

でもそうじゃなかった。

「律が私の名を呼べば、いつでもどこでも行く。声だけよりも本人に直接会った方がいい」

「……そんな一々来なくても、ちょっとした用件の時だってあるじゃないか」

「ちょっとした用件でも会いたい」

「会社の人と一緒にいる時とか、出て来られたら困る時だってある」

呼べば来ると言われて嬉しいのに、俺はふいっと顔を逸《そ》らせた。

素直じゃない。

「だがあれは電波の届かないところというのがあるだろう。不便だ」

「スマホが不便って、どんなとこへ行くつもりだよ」

「色々、さ」

俺がコーヒーのカップをテーブルの上に置くと、肩にあった黒川の手に力が籠もり、グイッと引き寄せられた。

トン、と彼の胸元に入り込む。

「律」

顔が近づく。

キスされる、と思った時、俺はついあのことを口にしてしまった。

「この間、藤倉って人に声を掛けられた」

「藤倉？」

「黒岩《くろいわ》って名乗ってたことあるんだろう？　その時の契約者だって言ってた」

顔が離れ、キスは回避できた。

そのまま黒川は少し考えるように視線を泳がせてから、思い出したというように「ああ」と呟《つぶや》いた。

「あの子か」

「覚えてる?」

覚えている。あれは魅力的な人間だった」

にやりと笑ったその顔に、首筋がざわつく。

覚えているんだ。そして魅力的だと思っていたんだ。

「春人《はると》が律と知り合いになるとは思わなかったな」

しかも下の名前で呼んでいる。

黒川は俺に視線を戻してから、また笑った。今度は嬉しそうに。

「……知り合いじゃない。向こうから声を掛けられた。一緒に買い物してるのを見られて、

『黒岩』の新しい契約者なのかって」

「ふむ」

彼は笑みを浮かべたまま頷《うなず》いた。

「それで何と答えた?」

「契約者じゃないって。実際違うから」

他人のことを思い浮かべて嬉しそうにしている黒川を見ていたくなくて、自分から視線を逸らす。

「会いたいって言ってた」

「会ってもいいな。彼とはいい関係だった」

関係……。

頭の中にごちゃごちゃと考えたくない情景が浮かんでは消えてゆく。

若かりし日の藤倉さん、その隣に立つ黒川。楽しげに会話する二人、そして俺の時のように、藤倉さんを抱き締めてキスする黒川の姿。

胸の奥がチリッと音を立てた気がした。

「じゃあ、ここを教えておくよ。勝手に会えばいい」

「それは困る」

「困る？」

振り向くと、彼は満足げに頷いた。

「ここは私と律のための部屋だ。他の人間は入れたくない」

「……俺は別に気にしないけど」

「私が気にする。それに、もう暫くは留守にするしな」

「暫くって、何時《いつ》まで？」

今度は訊けた。

「一週間ぐらいかな？　もっとも、また会いたくなったら戻ってくるが」

「藤倉さんに会いたいとは思わない？」

その名前が出ると、また彼が笑う。

「そうだな、会ってみたいかもな」

愉《たの》しげに言われて、また首筋がざわついた。

「じゃ、今度会ったらそう言っておく。俺はそろそろ帰る」

「もう？　せっかく私が戻ってきたのに？」

「俺はコーヒー飲みに来ただけだもの。戻ってきたのは黒川の勝手だろ」

どうして、こんなふうに言ってしまうのだろう。

会えて嬉しいと思ったのに。一緒にいたいと思ったのに。

「律」

今度は逃げようもなく、黒川は俺にキスした。

「春人によろしく言っておいてくれ」

けれどその一言が、俺の心の中に何か重たいものを落とし込んだ。

黒川は藤倉さんを忘れていない。会いたいと望んでいる。そのことを再認識させられて。

「言っておく」

立ち上がった俺を、黒川は引き留めなかった。

まだにやにやと嬉しそうに笑ったまま、冷めてるであろうコーヒーを飲んだ。

「律が帰るなら、私も行くか」

「俺が帰るまで消えるな！」

彼がまた突然姿を消すのだと察して、俺は声を上げた。

「律？」

こんな気持ちの時に取り残されたくない、一人になりたくない。でもそれはきっと黒川にはわからない。

「……何でもない。いいよ、行って」

「律」

俺の名前に続いて彼は言った。

「言わなければ、私にもわからないこともある。望みがあるなら言ってくれ。私には望んでもいいのだから」

望む……。

何かを望むなんて……。

「別に何もない」

俺はカップを洗いもせずシンクに置くと、そのまま部屋を出た。

誰かに何かを望むなんて、もう何年もしたことがなくて、そう言われてもどうしたらいいのかわからなかったから。

黒川のことが知りたい。

突然一人にしないで欲しい。

他の人のことを口にしないで欲しい。

でもそんなことはワガママだと知っている。

親が亡くなってからずっと、俺は『良い子』でいた。俺が『良い子』でいれば、亡くなった親は『良い親』だと思ってもらえるから。

『良い子』は怒らない。

『良い子』は何も望まない。

『良い子』は相手の望みに応える。

そんな習慣が身に染み付いていた。

自分の望みを通すのは、ワガママだ。だから何を望んでいても我慢しないと。

今まで、黒川はどうでもいい相手だった。いなくなれ、とさえ思っていた。だから何でも好きに言えた。

実際、二度と姿を見せるなとも言ったかもしれない。

けれど、彼が自分にとって必要な人間になってしまったら、俺は彼に望みを伝えることができなくなっていた。

冷たい態度はとるくせに、彼にああしてくれ、こうしてくれ、と言えない。

冷たい態度すら、示してしまった後で後悔する。こんなこと言って嫌われないか、と。彼が姿を見せなくなってしまうのではないか、と。

でもだからといって突然彼に甘えることもできない。

甘え方を忘れてしまったから。

自分が、こんなに不器用で歪《いびつ》な人間だとは思わなかった。

どうして素直になれないのだろう。

黒川に素直になると、負けるって思っているからか？

自分だけが彼にのめり込んでも、いつかは捨てられるって思ってるからか？

そのどっちもかも。

このままでは、何もしなくても嫌われてしまうかもしれない。思い悩む俺の炎なんて、綺麗《きれい》じゃなくなってしまう。炎が綺麗じゃなくなれば、黒川は俺に興味をなくす。

黒川がいなくなったら、俺は一人だ。

周囲にどれだけ優しい人達がいても、俺の愛する人はまた誰もいなくなってしまう。

愛する人……。

辛《つら》い時に側《そば》にいてくれたから好きになっただけかも、誰でもよかったのかも、と思っていたけれどもうそうじゃないのか。

最初はそうだったのかもしれないけれど、今は『黒川』がいいんだ。

だって、側にいてくれる人も優しくしてくれる人ももう他にいるのに、俺は黒川を失いたくない。

これが愛するということなんだろうか？

恋じゃなかったとしても、彼に愛情を抱いているのはもう否定できない。

好意じゃない、愛情を、だ。

でもそうなると、その気持ちをどう表していいのかわからない。愛情を抱く相手なんていなかったのだから。これが初めてのことなのだ。

いや、愛しているというのもわかっていた。彼を想《おも》うと心が温かくなると感じていた。

でもそれに溺れることができなかっただけだ。色々と理由をつけて、何とか自分が傷つかないようにしていただけなのだ。

悩んでいるフリをして、黒川と向き合うことを避けていたのだ。

こんな狡《ずる》い人間のこと、好きじゃなくなるかもしれない。

魅力を感じなくなるかも。

そう悩んでいる時、またあの男が現れた。

「今晩は、森永くん」

俺の心を騒がせる、あの藤倉さんが。

「今晩は、森永くん」

会社帰り、もう彼が現れないだろうとすっかり気を抜いていた俺の前に、車が停《と》まり、中から そう声を掛けられた。

「出てくるのを待ってたんですか？」

思わず不快そうな声になってしまう。

「ごめん、ごめん。これじゃストーカーだよね。でもどうしてももう一度君と話をしたかったんだ。私は名刺を渡したけれど、君からはもらっていなかったので連絡方法がなくてね」

まるで大人としての付き合い方を失念してる、と言われたような気になる。

ちゃんとした人間なら、名刺交換は必須だろう、と。

「仕事の付き合いではないので」

「うん。そうだね。だから待ち伏せしたのは許して欲しい。連絡先がわかればちゃんと電話をしてから来たよ」

それでも会わなかったかも、とは言えない。

「乗らないか?」

「車に?」

「うん、話をしたくて。黒岩……、黒川のことで」

黒川の名前を口にしないで欲しい。でも黒川を別の名前でも呼ばれたくない。

「俺には関係のないことです」

「うん、契約者じゃないと言うならそうなんだろうね。でも私が、彼のことを聞きたいんだ。だからよかったら教えてくれないかな」

「俺の知ってることなんて、殆《ほとん》どありませんよ」

それは真実だ。俺は何も知らない。

「知っていることだけでいいんだよ。その代わり、私も自分の知ってることは教えてあげよう。もしも彼に契約を持ちかけられたらどうしたらいいかとか。黒川の昔の写真とかもあるよ、見たくない?」

「写真? 写真に写るんですか?」

「撮ったことない? 写真にも映像にも写るよ」

映像。

この人と黒川がどんなふうだったか、見られる。自分の知らない黒川のことを知ることができる。

心が動いた。

「どこへ、行くんですか？」

「写真なんかを見るなら私のマンションだね」

どうしよう、と悩んだのは一瞬だった。

「わかりました。行きます」

俺は助手席側に回ると車のドアを開けて、中に滑り込んだ。

自分には知ることのできない黒川の過去を知ることができるという誘惑に勝てなくて。

それがまた自分の嫉妬を煽《あお》ることになるかもしれなくても、彼を知りたいという欲望に勝てなくて。


会社帰りなら夕飯がまだだろうと、藤倉さんは途中で簡単な食事を買ってから彼の自宅へ向かった。

やはりお金持ちなんだな。

連れて行かれたのは、都心のタワマンだった。

地下駐車場に車を停めると、そのまま専用のエレベーターで上に向かう。

十八階で降りると、目の前には二つの扉しかなく、その一つを電子キーで開けて彼が中に入った。

「どうぞ」

と誘われて中に入る。

黒川の部屋も豪華だと思っていたけれど、この部屋もまた高級そうだった。

遊び人っぽい服装からもっと派手に飾られた部屋を想像していたが、意外にもシンプルな感じだ。

リビングには吹き抜けで二階に続く階段があり、窓の外には東京《とうきょう》タワーが見える。でも家具は、白い毛足の長い絨毯《じゅうたん》の上にはオリーブグリーンのL字型の大きなソファセット、テーブルは大理石、そしてスクリーンのように巨大なテレビぐらいしかない。

「シンプルですね」

「ここはね。ゴチャゴチャしてるのは嫌なんだ。ワインでも飲むかい？」

「いえ、お酒は」

「私が飲むのは？」

「どうぞ」

帰りに送ってもらうつもりはなかったので、彼の飲酒は気にしなかった。

「テイクアウトの料理、このままでもいい？　皿に移す？」

「そのままでいいです」

買ってきたテイクアウトのパスタはプラスチックの容器で、大理石のテーブルには不似合いだった。

彼が出してきたワインとワイングラスならぴったりだけど。

「飲み物、ミネラルウォーターならあるけど」

「いえ、結構です」

「じゃ、まずは食べながら話そうか」

藤倉さんは俺の警戒を察したかのように、ソファの違う辺に座った。

「藤倉さんは、どうやって黒川と会ったんですか？」

「黒魔術で呼び出したわけじゃないよ」

考えを読んだように彼が笑う。

「言ってしまえば、偶然かな。バーで飲んでる時に声をかけられた」

「ナンパ……？」

「え？　ああ、まあそんなもんかな。酔って一人でブツブツ言ってる時、面白いことを言ってるって話しかけられてね。君は？」

「葬式の時にふらりと入ってきたんです。ずっと昔に」

「葬式か。やっぱり悪魔って死に敏感なのかね」

　プラスチックのフォークで食べるパスタは、美味《おい》しいはずなのに味がしなかった。気持ちが食事に集中できないからだ。

　藤倉さんと黒川の出会いも、黒川から声をかけたものだったと聞いて、また気分がもやもやしたせいだ。

「最初は頭のおかしいヤツだと思ったよ。見た目がいいだけにイッちゃってる人間かなって。ああそうだ、写真だったたね。ちょっと待っててくれ」

　彼はグラスを置いて奥へ入った。

　来るべきじゃなかったかな……。

　何を聞いてももやもやしてしまう。

「何枚かしかないんだけど、ほらこれ」

　戻ってきた藤倉さんは、今度は俺に身を寄せるように隣に座った。

「会社を立ち上げた時のだね。このスーツを着てるのが私で、こっちの横を向いてグラスを持ってるのが黒岩」

　写真の中の藤倉さんは、想像した通りハンサムな青年だった。隣にいる綺麗な女性の腰を抱いてこちらを見て笑っている。

　黒川はその背後にいて、たまたま写り込んだという感じだ。

「この女性は？」

「ああ、奥さん。当時は結婚していてね、綺麗で聡明《そうめい》で、……とても役に立ってくれた」

奥さん……。では彼は男性を相手にするわけではないのか。でも結婚していても代償として身体《からだ》を求められたりした可能性も……。

そんなことを考える自分が嫌だな。

「こっちの写真はホームパーティの時だな」

もう一枚見せてくれたものは、黒川の視線がカメラの方を向いていた。写真を撮られることがわかっているのだ。

「この二回だけだったな、カメラを向けたのは。だがこの写真があったからこそ、黒岩の存在が夢なんかじゃなかった、現実だったと信じられた」

藤倉さんは、遠い目をした。

「あの頃はよかった。人生が終わりかと思っていた時に黒岩に会えて、彼に救われた。何をしても上手くいって、最高だった」

呟くように言った彼のセリフが引っ掛かる。

あんないい車に乗って、こんな素敵な部屋に住んで、会社の社長なのに今は最高じゃないのだろうか？

奥さんの話をした時、『当時は』と言ったから、別れてしまったのだろうか？

「銀座《ぎんざ》で黒岩の姿を見かけた時、自分の一番いい時のことを思い出して、黒岩ともう一度会いたいと思ったんだ。懐かしいって言うのかな」

「黒川に、藤倉さんの話をしました」

俺が言うと、彼はこちらを見た。

「今いないんじゃないのか？」

「少しだけ戻ってきたんです。またいなくなりましたけど」

嘘《うそ》をついたのかと疑う視線を向けられた気がして、言い訳をする。疑われたってどうでもいいことなのに。

「黒岩、いや、黒川は何て言ってた？」

「会いたいと言ってました。あなたは……、魅力的だったと」

「魅力的か……」

藤倉さんは喉の奥でクックッと笑った。

「そうだろうな。黒岩はきっと私が好きだろう」

自信に満ちた言い方に、またモヤる。

「どうしてそう思うんです？」

「彼にとって、私が好みのタイプなんだろうと思うからさ。君は……、あまりそうは見えないが、きっと何か秘めたものがあるんだろうな」

見下すような視線。

自分の方が優位だ、と言ってる態度。

「君の契約が終わるのは何時だい？」

嫌な感じだ。

「俺は契約者じゃないです」

「契約者じゃないのに、彼と会ってるのかい？　もうそんな嘘はつかなくてもいいよ」

「嘘じゃありません」

「では何故彼は君の側にいるんだい？」

「それは……」

「悪魔は利益にならないことはしないだろう？　それとも、君は利がなくても側にいたいほど魅力的なのかい？」

炎のことを、口には出せなかった。

何だそんなことか、と言われたくなかったし、あれは自分と黒川だけの秘密のような気がして。

「そんなの、黒川に聞いてください」

「会っていいのかい？」

「本人が会いたいって言ってるんだからいいんじゃないですか？　戻ってきたらあなたに連絡

するように伝えますよ」

「戻ってきたら、ね」

まだ俺が嘘をついてると思ってるのだろうか？

でもちゃんと連絡すると言ったんだから、もういいだろう。

「そうそう、映像の方も見たいんだったね。そのホームパーティの時のビデオがあるんだ。ちょっと待っててくれ」

藤倉さんはまた席を立ち、奥へ消えた。

俺から今の黒川のことを聞きたいと言っていたのに、あまり質問されなかったな。それともこれから訊かれるんだろうか。

自分の方が黒川のことを知っていると、マウントが取りたかったのだろうか？

でも奥さんがいたのなら、黒川とそういうことをしたとは思えない。

バイセクシャルってこともあるか。

俺はもう一度写真を手に取った。

黒川は今と全く変わらなかった。

表情がないから冷たい雰囲気に見えるけれど、外見は今のままだ。

俺と出会った時から全然変わらないのだから、当たり前か。

会社を立ち上げた時の写真は一枚だけだったが、ホームパーティの写真は何枚もあった。

いつもの黒いスーツだけど、ネクタイではなくスカーフなのが珍しいかな？　写真に写るなら、今度こっそり撮ってみようか。

写真に撮ったら、彼が不在の時にもその姿を見ることができる。

でも写真は思い出にするみたいで嫌だな。両親がそうだ。ずっと一緒にいたのに、写真の中だけの存在になってしまった。

電話より会った方がいいと言った黒川の言葉に、今更ながら同意を示した。

会いたい。

それが一番の気持ちなのかも。

そう思った時、何かが目の前を過《よぎ》った。

「……グッ！」

何？

紐《ひも》？

喉に強い痛みを感じ、咄嗟《とっさ》に喉に手をやる。

首に、紐が巻き付けられている。どうして？

「すまないね、君の契約が終わるまで待ってあげたかったんだがね、そうも言ってられなくなったんだ」

藤倉さんの声。

彼が……、背後から俺の首を締めている？

「黒岩は同時に二人とは契約しない。あの時もそう言っていた。私は運がいいと。あの頃彼は別の人間にも契約を持ちかけていたが断られたらしい。だから私の願いを聞き届けてくれた。だから今度も、他の契約者がいなくなれば、私の願いを聞き届けてくれるはずだ」

「……黒川の……居場所も知らないのに……」

強い力で締め付ける紐を握るように首との間に指を入れる。細い紐に入れた指が千切れそうに痛むが、これが外れたら本当に殺されるかもしれない。

いや、この人は本気で俺を殺そうとしてるのだ。

「私はね、銀座で君を見かけてから後を付けたんだ。黒岩を付けても途中で消えてしまうかもしれないからね。君のアパートまで追いかけて、ちゃんと特定した。黒岩が戻ってきたというならあそこに来るんだろう？」

だから突然俺の前に現れることができたのか。アパートを知られれば、出社する俺を追って会社も特定できたわけだ。

「君に恨みはないんだ。だがどうしても、私には黒岩が必要なんだ」

「う……」

紐を摑《つか》んでいるのは喉仏の上だった。そこには指の分の隙間がある。けれど紐は横の部分、頸動脈《けいどうみゃく》を締め付けてくる。

何かで読んだことがあるが、頸動脈を強く押さえられると人は失心してしまうらしい。だとしたらこのまま締め付けられていると、意識を失うかも。

そうなったらもう抵抗もできない。

「彼に相応《ふさわ》しいのは、君のような子供じゃなく私だ」

ソファの背もたれの向こう側に立つ藤倉さんに、抵抗することはできない。攻撃を加えることも。

「死ね、死んでくれ」

嫌だ。

死にたくない。

……黒川をこんな男に渡したくない。

たとえ黒川が俺を『愛して』いなくても、俺が彼の側にいたい。まだ俺は黒川に素直になっていない。

本当は甘え方を知らないだけで、甘えてもいいと思うようになったんだとも言っていない。

遠のく意識の中、目に浮かんだのは亡くなった両親でも会社の人間でもなく、冷たく笑う黒川の姿だった。

「く……わ……」

ああ……。

今なら、今度こそ本当に迷いなく言えるのに。

「く……ろかわ……」

黒川が必要だって。

誰でもいいのじゃなく、黒川がいいんだって。

「お前はしてはならないことをした」

冷たい声が響いて、喉を締め付けていた力がふいに消える。呼吸は楽になったが、力が入らなくてソファにそのまま倒れ込んだ。

「ゴホッ……。ウエ……」

咳《せ》き込んで、唾液が上がってくる。吐きそうだ。

涙も零《こぼ》れてくる。

咳き込み続ける俺の頰に、冷たい手が触れる。

「黒岩!」

くろ……いわ……?　黒川?

顔を上げると、視界が黒い服に塞がれる。

頭を抱き寄せられたのだとわかるのに少しかかった。

「ああ、会いたかったよ、黒岩。お前の契約者を傷つけたことは悪かったが、仕方がなかったんだ。彼の生命を守るというのは契約内容じゃないんだろう?　だったら問題はないよな?」

高揚した藤倉さんの声。

「もう一度、私と契約してくれ。森永くんとの契約が終わってからでもいいから」

「律と契約はしていない」

首の痛みが消える。

それが黒川のせいであるのはすぐにわかった。以前にも怪我《けが》を一瞬にして治されたことがあったから。

「そうなのか。それなら私と契約してくれるだろう？　私のことは気に入ってくれていたはずだ。森永くんにも、私は魅力的だと言ったそうじゃないか」

身体を起こし見上げると、黒川は冷たい笑顔を浮かべていた。

最後に思い浮かべたその顔には気遣いも優しさもなかったが、『黒川だ』と思うと胸が熱くなって、目の前の彼のズボンをぎゅっと握った。

「第一、契約は不完全だった。黒岩はそのアフターケアをするべきだろう」

黒川は俺を見ていなかったが、握った俺の手に手を重ねた。

「魅力的、か。確かにお前は悪魔にとって魅力的な人間だった。自分の望みを叶《かな》える為《ため》に自分の妻と腹の中の子供の命を差し出すほど、身勝手で貪欲な人間で」

妻……。

さっきの写真に写っていた綺麗な女性？　藤倉さんは、自分の奥さんを契約の代償に差し出したのか。しかもお腹の中にいる自分の子供も。

『綺麗で聡明で、……とても役に立ってくれた』と呟いた彼の言葉。『役に立ってくれた』とはそういう意味だったのか。

「契約が不完全？」

黒川は空中にある何かを読むように目を動かした。

「契約は履行されている。完全に。お前は会社を立ち上げるための資金の調達と成功を願った。それは叶ったはずだ。それを継続できなかったのは、お前に経営の才能がなかったからにすぎない」

「俺には才能がある！　まだやれる！」

黒川の言葉に藤倉さんは声を荒らげた。

「どうかな。経営が立ち行かなくなって、不当たりを出している。もう一度手形が決済できずに不当たりを出せば倒産だ。資金ぐりのために家の中のものを大分売り払ったようだが、それでももう追いつかないのだろう？」

派手好きそうな彼にそぐわないシンプルな部屋の理由はそれか。

「ここもあと数日で他人のものだ。それでもまだ足りない。お前は何もかも失うだろう」

「うるさい！　私はまだやれる。まだこの生活を続けられる。黒岩、お前の力があれば何でもできる。今度は『ずっと』成功者でいられることを願おう。対価も払ってやる。女か？　子供か？　どちらでもすぐに調達する。悪魔よ、何を望む？」

「何も」

重なっていた手が、俺の手を握り、立つように促した。

ソファから降りて黒川の隣に立つと、腕が腰を抱く。

そのまま藤倉さんを見ると、ギラギラとした目が俺達を睨《にら》んでいた。

「私がお前に望むものなど何もない。だがお前から奪うものはある」

「奪う？」

「お前はしてはならないことをした。私の恋人に手を掛け、その命を奪おうとした。私から律を取り上げようとした。その罪は許し難い」

「恋……！」

藤倉さんの目が見開かれ、俺を見た。その目に失敗したという後悔がありありと見え、すぐに怯《おび》えの色を帯びた。

「万死に値する。いや、死ですら足りないくらいだ」

「わ……、私を殺すつもりか？　その子は生きてるじゃないか。ほんの少し意地悪をしただけだ。ただの契約者だと思ったから」

「お前のことは気に入っていたよ、春人。醜い人間そのもので、美味《うま》そうだった。いずれ堕《お》ちてゆくだろうから、その頃に刈り取りにくればいいと思っていた。お前に感じる魅力とは、そういうものだ」

「さ……、最初から私を殺すつもりだったのか……」

「さあどうだったかな。それも忘れるくらい、お前などどうでもいい存在だ」

「殺しちゃダメだ！」

会話が不穏になってきたので、俺は黒川にしがみついて彼を止めた。

「そ……、そうだ。その青年だって、君の恋人だって私の死を望んでいないぞ」

黒川はやれやれという顔で俺を見た。

「妻と子を自分の欲望のために悪魔に差し出す男の命乞いもするのかい？」

「違う！　俺は、俺の目の前で黒川に人殺しをして欲しくないんだ。お前は悪魔だから、今まで何人も殺《あや》めてきたのかもしれないし、これからもそういうことをするかもしれない。でも俺の前では、絶対に人を殺さないで欲しい。でないと、俺はもう黒川に触れることができない！」

「触れることができない、か。それは困るな。では半分にしておこう」

そう言うと、黒川は藤倉さんに向かって手を伸ばした。

「やめろ……っ！」

殺される、と思って逃げ出す藤倉さんの背中から、光の玉がふよふよと漂い出る。それは濁ったオレンジ色で、吸い込まれるように黒川の手の中に消えた。

「まあまあスパイシーだな」

光の抜けた藤倉さんはその場にペタンとしゃがみこみ、口を開け、虚《うつ》ろな目でどこか遠くを見ていた。いや、見ることさえできていないのかも。

「何を……、した？」

「律にわかるように言うと、魂の半分を食った。この男の中の欲望や、妬みや、憎しみや、そういう悪魔的な感情を抜いたんだ。どうやら、春人はそんなものばかりで動いていたらしいから、それらがなくなって空っぽになったようだな」

「生きて……る？」

「生きてはいる。だが何かを望むことも期待することもないから、何もしなくなっただけだ。人はよくも悪くも『欲』で生きるもの。お前だって、親を殺した犯人を見つけたい、という欲で生きてきたのだろう？」

それは……、わかる。

何かをしたいという欲望というか意欲があってこそ、人は動くもの。目的も望みもなければ空っぽになってしまうのだろう。そして黒川が言う通り、この人は意欲ではなく欲望しかなかったから、それを取られて空っぽになったのだ。

「寿命も奪ってもよかったのだが、私を楽しませた分サービスしておこう」

「彼といるのは楽しかった？」

「いいや。覚えていないな。よくいる人間だったから」

「でも会いたいって。楽しませたって」

「この男の話をすると、律の炎が揺れた。見たことのない色を帯びた。あれは嫉妬だったのだろう？　私の昔の契約者に対して嫉妬した。私を愛するが故の嫉妬だと思うと、嬉しくて堪《たま》らなかった」

黒川が、縋《すが》っていた俺を抱き締めた。

藤倉さんを覚えている、魅力的な人間だったと言った時に、にやりと笑った顔。その笑みに、首筋がざわついた。確かに、俺は嫉妬した。ヤキモチを焼いた。

そして俺に視線を戻して、嬉しそうに笑った。

あれは、俺の中の炎を見て、俺が嫉妬しているとわかって喜んでいたのか。

「律に嫉妬という気持ちを覚えさせ、私を楽しませてくれた褒美に、生かしておく。無気力に生きるだけでも殺しはしていない。お前は私に触れてくれるな？」

手が、俺の頬を捉える。

嬉しそうな笑顔のまま、キスを求められる。

逃れようと顔を背けても、頬を捉えられていたので逃れることはできなかった。

唇がぴったりと合わさって、舌が差し込まれる。

自分の舌が、彼に吸い上げられる。

同時に、俺を抱くもう一方の手が腰を撫でた。

「や……」

黒川の胸を押し戻すように離れるが、キスが追いかけてきてまた口を塞ぐ。キスだけで、鳥肌が立った。

慣れていないからではなく、相手が黒川だからだ。

「やめろ……」

「何故？　他人に嫉妬するほど私を愛しているのだろう？　お前の望みも聞いてやった。今度は私の望みも聞いてくれ」

腰を探っていた手が、シャツの中に入り込む。

冷たい指先が肌の上を滑る。

反応してしまいそうになって、俺は力いっぱい拒絶した。

「やだっ！」

「律」

「他の人の見てる前でこんなことしない！」

「あれにはもう何もわからないよ」

「わかっても、わからなくても。俺は他人に見られたくない。……そういう姿は、黒川にだけしか見られたくない」

「私だけ、か。いい言葉だ。確かに私の大切なものを他人に見せるのはもったいないな。では私達の部屋へ行こう」

「藤倉さんは？　このままにするの？」

何の意欲もないまま放置したら、死んでしまうのでは？

「債権者が押しかけてくれれば見つけてくれるさ。欲に溺れた者は欲に捕らわれて終わる。春人は借金の対価を自身で払わなければならなくなるかもしれないが、それは私達には関係のない話だ」

それがどういう意味なのか聞き返す前に、俺達はその部屋を離れた。

もう二度と訪れることのない部屋を。

二度と会うことのない人の前から。

真っ暗な空間に、一瞬にして明かりが灯《とも》る。

照らし出されるのはいつもの黒川の寝室だ。

大きなベッドの傍らに、彼に抱きしめられたまま飛んできたのだ。

黒川は何も言わず、また俺にキスした。

離れようと背を向けると、背後から抱き締められる。

「何故逃げる?」

手がいきなり股間に伸びて、ズボンの上から握られた。

「やめ……っ!」

形をなぞるように動き出す。

「逃げてるわけじゃない。話がしたいんだ。だから止《や》めろ」

「話などこのままでもできるだろう」

後ろから耳朶《じだ》を咬《か》まれて鳥肌が立つ。

「黒川にできても俺にはできない。ちゃんとした話がしたいから、聞いて欲しいことがあるから、今はやめてくれ」

「『今は』?」

「……『今は』だ」

「いいだろう」

俺を抱いていた腕がパッと離れる。

彼は両の掌《てのひら》を開き、肘からバンザイするように降参ポーズを取っていた。

「つまらない話なら、私の目的を優先させるぞ。何せお預けの時間が長かった。こうして律に会ってしまったらすぐにでもお前の声に溺れたい」

「……俺も、会いたかった」

正直な気持ちを口に出すと、黒川が驚きを見せた。

「口に出さないとわからないって言うから、口にする。会いたかった。帰ってこなかったらどうしようかと思った」

「ああ、律。何て可愛いことを言うんだ」

降参ポーズからまた俺を抱こうとするから、一歩下がる。

「ちゃんと、聞けって。聞かないなら二度と言わない」

顔が熱くなってくる。

これから自分が口にしようとすることが恥ずかしくて。

「ふむ……。何かはわからないが並々ならぬ決意のようだな。いいだろう。律を優先させよう」

抱き締めようとした手は肩に置かれ、ベッドの上に座るよう促す。

ちゃんと聞いてくれる気があるんだ。

「俺は……、黒川のことが好きだ」

「知っている。前に聞いた。だから私達は恋人になったのだろう？」

「でもそれがどんな好きなのかわからなかった。寂しいから側にいてくれる人が欲しかったのか、俺のことを知ってる人に側にいて欲しかったのか。だから恋人って言われたくなかった。黒川は俺の炎だけが好きで、俺は寂しさを埋めたいだけで、そんなの恋人と違うだろ？」

悩んでいたことを告白するには勇気がいった。

なのに、黒川は額を押さえてクックッと笑い出した。

「そんなことを悩んでいたのか」

「そんなことって」

「律が自分の心がわからないというなら、私が教えてあげよう。お前が私に向ける炎は、他の誰にも見せない色できらきらと輝いている。亡くなった両親の話をする時より、仕事の人間の話をする時より、私を見ている時が一番美しい。だから、律は私を一番愛しているのだ」

「そ……、そんなの、自分じゃわからないし、黒川が嘘をついてるかもしれないじゃないか」

「だが律はここにいる。春人に嫉妬し、私に会いたかったと言ってる」

「だからそれは寂しいからかもしれないって……」

「寂しくて何が悪い？　それを埋められるのが私だけなら、私を愛しているでいいだろう。前にもお前は私が炎だけを好きなのだとゴネていたが、その炎を持っているのは律だけだ。他の誰も持っていない。だから私は律を愛しているんだ」

他の人には替え難い。

「お前は希有《けう》の存在なのだよ。子供の頃にすべての感情や欲望を一つのことのために凍結させた。他の子供達が遊びや恋愛や雑事に汚れてゆく中、お前は全てを拒絶して犯人捜しに没頭した。だから純粋で、真っすぐなのだ。そうやって私を本当に愛しているのかと悩むことも、他の人間ならばしないだろう」

黒川が笑う。

その笑みは、冷酷で勝ち誇ったような笑みだけれど、それが黒川らしくて目が奪われる。

俺はきっとこの顔が好きなのだ。最後に思い浮かべるほど。ということは、優しくはない不遜な態度の悪魔が好きなのだろう。

「律の両親が生きていて、普通の暮らしを送っていたら、私は律を愛さなかっただろう。きっとお前は『どこにでもいる』人間に育ったから。だがそんな仮定の話が何になる？　律はここにいて、その炎を胸に抱いて、私を愛してくれている。だから私はお前を愛する」

「契約も取引もしないのが、愛の証《あか》し？」

「いや。律以外でも気まぐれで契約も取引もなく手を貸してやることはある」

信じていたものがそうではないと言われ、ぎゅうっと胸が締め付けられる。

なのに俺の苦しみをまた炎の色で気づいたのだろう、彼は嬉しそうな顔をした。

「私の愛を信じたくて苦しんでいる？　証拠などないが、一つだけ言えることはある」

「……何？」

「会いたい。私は律に会いたい。今までどんな人間と知り合っても、中には友情を感じるような者もいたが、別れてしまえばそれまでだった。会える時には会える。会えなければそれまでだと思っていた。だが律は違う。こんな短い間なのに、会いたくて仕方がなかった。途中で顔を見に帰ってきてしまうほど、お前を求めた。誓ってもいい、こんな気持ちは初めてだ。だから、私は律を愛しているとはっきり言える」

意外な告白に、俺は嬉しくて涙が零れた。

愛しているかどうかわからない。もし本当に愛してしまっても、この恋は報われないとずっと思っていた。

でも信じるに足る言葉で、黒川は俺を愛していると言ってくれた。

「藤倉さんに……首を締められた時……。黒川の顔が浮かんだ。他の誰でもなく黒川の顔が。俺も会いたいって思った……」

嬉し過ぎて、泣きながら告白する。

子供みたいに、ポロポロ涙が零れた。

こんな泣き方をするのは何時振りだろう。

「俺は……、甘えてこなかったから、甘え方がわからない。黒川が甘やかそうとしても、どう応えていいかわかんない。だから甘やかさなくていい……」

手の甲で涙を擦《こす》りながら言うと、彼は俺の手を取って剝がし、濡《ぬ》れた頰に口付けた。

「応えなくてもいい。私がしたいことをしているだけだ。見返りなどいらない」

「でも……」

「律は私を愛して、許せばいい。それだけで私は満足だ」

「黒川……」

「この名前はお前だけのもの。これからは律の前では『黒川離人《りひと》』というこの名だけを使おう。他の名で呼ばれても返事はしない」

「り……ひと？」

「一応下の名前も考えてはある。気に入らなければ変えてもいいぞ？」

彼の下の名前さえ知らなかったことを、今知った。『クロカワ』だけが彼の名前だと思っていた。

「いい。そのままで」

「では、律の話は終わりでいいかな？」

「言いたいことは言えたと思う。あ、待って。突然一人にするのは止めて欲しい。置いて行かれるみたいで怖いから」

「ああ、それでこの間大きな声を出したのだね。わかった、注意しよう。他には？」

「もうないと思う」

「そうか」

黒川は優しく俺を抱き締めた。

「よく言ってくれた。自分の気持ちをすぐに口にできない律が、ちゃんと話してくれて嬉しいよ。ありがとう」

俺は、バカだと思う。

いつまでたっても学習しない子供だと思う。

彼が愛を信じさせてくれて、優しい声でありがとうと言ってくれて、包むように抱き締めてくれたから、すっかり気を許してしまった。

黒川の本質は、『人』ではなく『悪魔』なのだということを忘れて。


俺の話が終わったと確認すると、優しく包んでくれていた腕は離れ、顎を取ってキスした。

もう逃げることも抵抗もしなかった。

これが恋人のキスなんだな、と思いながら彼のするのと同じように応えてみた。

黒川が唇を開けば開き、舌を差し出せば自分もそうした。

「ヘタで可愛い」

「慣れてない……」

「まだ慣らしていないからな。不慣れな律も可愛いが、慣れて溺れる姿もいつか見てみたい。全てを教えるのはもちろん私だ」

「慣れたりなんかしない」

「ならばそれでもいい」

手が、股間へ伸びる。

「私が一方的に貪るだけでなく、律にもしてもらおうかな」

「……え？」

「私に応えたいのだろう？　同じようにしてくれ」

そんなの……。

戸惑っていると、彼は俺の手を取って自分の股間に導いた。

「ち……、ちょっと待って」

慌てて手を引っ込めると、俺が見ている前で前を開けて性器を取り出す。

生々しい肉塊に視線を逸らすと、また手を取られてそれを握らされた。

「黒川……っ」

「律の手で、私を勃《た》たせてくれ」

「そんなの……」

「律にされたい」

それでもできないでいると、彼は手を重ねて強引に動かした。

「温かい手だ」

体温がないのだろうか。彼の肉塊は冷たい。

けれど触れているうちに形が変わってくるのが伝わる。

目を向けることができないまま、手の中で彼の変化を感じ続ける。

「我慢しているね？　恥ずかしいのか。いいね、そういう顔もそそる」

「悪趣味だ」

「悪魔の趣味がいいと？」

それはそうかもしれないけれど。恋人だと、愛していると言ったのにこんなふうに苛《いじ》められるなんて。

「嫌なら、ここまでにしよう。先は長い。いつかその口でしてもらえるようになるまで待つのも一興だ」

「口でなんかしない……っ！」

真っ赤になって反論すると、企《たく》むような顔で笑われた。

「今は、な」

してしまうのだろうか？　させられてしまうのだろうか？

黒川は好きだけれど、愛してるけれど、まだこういう行為には抵抗があるのに。セックスなんかしなくても、彼を好きという気持ちは変わらないのに。

そう思うのは俺が子供だからなのか？

大人の男だったら、こういう性欲があるものなのか？

俺の性知識は中学で止まったままで、性欲もそのまま。相手にしたのは黒川だけだからわからないのだろうか。

「さあ、今度は私がしてやろう」

ズボンの前が開けられ、俺のモノが握られる。

「もうその気になってるな」

「触らなくていい。するなら好きにしていい。黒川のすることは許せばいいんだろう」

「それではつまらない。律の声も好きだがその表情も好きだ。羞恥と快感に歪《ゆが》む顔は最高だ」

悪魔のよう微笑《ほほえ》み。『ような』じゃない。悪魔の微笑み、だ。意地悪をして、追い込んで、楽しんでいる。

「逃げるな」

手が動く。

もう硬くなり始めた場所に絡み付く。

触れてる指の感触で、自分が零していることがわかる。

これが気持ちいいと知ってるから、抗《あらが》えない。

「目を開けろ」

「見ない」

「見るんだ」

「やだ」

「だめだ。ちゃんと見るんだ。今から私が律の中に入るところを」

「悪趣味……！」

「趣味じゃない。確かめたいだけだ」

「見なくたって……、することはするんだろ。いいじゃないか」

黒川は俺を愛撫《あいぶ》していた手を放し、軽々と俺を抱き上げるとズボンと下着を脱がせた。

それから自分はベッドに仰向けに寝転んだ。

もちろん、前は開いたままだ。

積み重ねた枕の上に上半身を横たわらせ、半裸でこちらを見る。

「乗れ」

「……は？」

「律自ら私の上に乗るんだ。そして自分で、私を受け入れるんだ」

「ば……、ばかじゃないの！　そんなことするわけないだろ！　好きだって言ったからって、付け上がり過ぎだ！」

真っ赤になって声を荒らげたが、黒川は悠然と微笑んだままだった。

「律を初めて求めた時は、私が一方的に手に入れただけだった。触って、楽しむためだけに」

おいで、というように手が差し伸べられるが、俺は動かなかった。

近づいたら何をされるかわからない。

抱かれるのはいいけど、乗るなんてあり得ない。

「お前が私を好きだと言ってくれた時には、私を受け入れ、許してくれた」

俺が動かないのに、彼の手は差し伸べられたまま宙に浮いている。

必ず俺がその手を取ると確信しているように。

「今、律は私を愛していると言ってくれた。迷いなく私を求めてくれた。だからこそ、私の一方的な望みではなく、それをただ許してくれるだけでなく、律も私を望んでいるのだと示して欲しい」

そんな言い方は狡《ずる》い。

少しだけ心が揺れてしまう。

でも嫌だ。

「できない」

「できるさ」

「できない」

「するんだ」

命令するような強い声。

でも俺は首を横に振った。

「できない」

「律。手を取って」

「やだ」

「さあ」

されるだけなら受け入れる。でも自分からなんて無理だ。

「仕方ないな。では私がするからおいで」

そう言われて、やっと俺は彼の手を取った。

「私の上に座って。挿入《い》れなくていいから」

言われるまま、彼を跨《また》ぐようにして腹の上に座る。

何も身に着けていない下肢に、ひんやりとした黒川の肌を感じてゾクリとする。

「キスはしてくれるか？　律から」

それぐらいなら、と身体を前に倒して顔を彼に近づける。

「あ……っ！」

前かがみになって浮いた腰に、黒川の手がかかる。

「や……っ」

慌ててももう遅かった。

尻を抱えられ、指が後ろを弄《いじ》る。

「くろか……」

「私がするのはいいのだろう?」

長い指が中に入ってくる。

出たり入ったりしながら、俺を嬲《なぶ》る。

「や……っ、あ……っ」

ぐちぐちと入り口だけを攻められて、涙が浮かぶ。

「何か……してる……」

「弄ってるだけだ」

「ちが……何か魔法みたいな……」

「何もしてないよ」

「だって……」

だってそれだけしかされてないのに、全身がゾクゾクするし、指ももっと深く入れて欲しいと思ってしまう。

俺はこういうことに慣れてないのに。

こんなこと好きじゃないのに。

「感じる?　ならば嬉しいな」

「や……っ」

「魔法はかけてあげよう。いつものように。痛みなく私を受け入れられるように。だがそれ以外は何もしない。感じてるのは律の本心だ」

「ちが……」

目の前で、黒川は笑ってる。

喘《あえ》ぐ俺に長い舌を差し出し、「舐《な》めろ」と命じた。

「できな……」

「キスと同じだ。舌にキスしてくれればいい」

「……う」

顔を近づけるためにまた腰が浮く、黒川の手が、尻を抱えるのではなく前から差し込まれてまた後ろを弄る。

腰を回っていた時には届かなかったところまで、指は深く入り込んだ。

「あぁ……っ」

「キスは?」

できないってわかってて言うなんて酷《ひど》い。

「や……、あぁ……っ。くろ……。ん……ッ」

「いい声だ。もっと聞かせてくれ」

指の動きが激しくなり、俺は身体を縮こめるようにして力を入れた。そうしないとおかしくなってしまいそうで。

でも黒川の望むように、声は止まらない。

「や……もう……やだ……っ」

剝《む》き出しの自分のモノが、彼の腹に擦れる。

触ってもらえなくて、自分ですることもできなくて、いつしか自分から擦り付けるように動いてしまう。

それがわかって、黒川は笑っていた。

焦らされてる。

苛められてる。

「早く私を欲しがるようになってくれないかな」

そんなことしない。

「律に望まれたら、きっと最高の気分だろうに」

俺は最低な気分だ。

「恋人にセックスを求めることは恥ずかしいことではないんだよ？」

恥ずかしい。

浅ましい。

どんなに気持ち良くても、自分から求めるなんてできない。

「あ……ぁ……」

喘ぎ続けて口がカラカラになる。

指を咥《くわ》えた場所がヒクヒクと痙攣《けいれん》する。

自分の先が濡れて、黒川を汚してしまう。

「も……やだぁ……」

涙声で訴えると、黒川は身体を起こして俺を抱き締め、腰を抱えた。

「あ、やだ。こんな……っ！」

持ち上げられ、彼の上に座らされる。

ぴったりと場所を合わせ、指を咥えさせられていたところにもっと太いものが当たる。

「や……ぁ……っ！」

重力で、身体が沈む。

痛みのない挿入は奥まで届いた。

「は…っ、はぁ……、は……っ」

苦しい。

苦しい。

前、触りたい。

でもこの格好で触ったら黒川に見られる。

そんなの恥ずかしくてできない。

我慢しないと……。

「我慢できない」

……え？

「律が崩れるまで待っていられない」

繋がったまま、彼は俺を押し倒した。

「……ッ！」

激しく何度も突き上げられ、目眩《めまい》がする。

我慢できないのは俺じゃなくて黒川の方だった。容赦なく翻弄される中、手が前に触れる。

「アッ……！」

それだけで堪えきれずに射精する。

目の前で黒川が眉を歪めて笑う。

「ヒクついていい感じだが、私はまだだ。もう一度イッていいぞ」

痙攣する肉の中心を、再び彼が刺し貫く。

「あ……っ」

熱くなった身体はすぐにまた反応を始めた。

「律」

弄ばれてる。

貪られてる。

食われてる。

でも……。

彼が優しいキスをくれるから、『嫌』とはもう言わなかった。

俺はバカだから。素直じゃないから。こういうことに慣れていないから。言い訳をいっぱいしながら、黒川の望む通りにさせた。

「あ……っ、は……っ、う……」

これが自分の望みになる日が来るかもしれないと思いながら。

「い……っ！」


数日後、俺は新聞の片隅に藤倉さんの自殺の記事を見つけた。

線路に座り込んだまま、電車に撥《は》ねられたという記事を。

黒川を呼び出して、彼は無気力だったんじゃないのか、自殺する気概があったのかと尋ねると、彼は肩を竦《すく》めた。

「彼から金を取り立てたい者が、春人の保険金を欲しがったのだろう。連れて行ってそこに座らせればそれで終わりだ。言っただろう？　欲に溺れるものは欲に捕らわれると」

あの時の言葉はそういう意味だったのか。

結局、他人がどうなっても自分の利益を守りたいと願った藤倉さんは、同じ類いの人間に搾取されたのだ。

「律、もうそろそろ私と一緒に暮らしてもいいんじゃないか？」

契約を口にしなくなった代わりに最近よく言う黒川のセリフに、俺は首を振った。

「やだ」

「だがあのアパートは狭い……」

「一緒にいると、『会いたい』って思わなくなる。会いたいって気持ちは大切にしたいんだ」

そう言うと、黒川は口をへの字に曲げた。

「律みたいな人間を何と言うか知ってるか？」

「……何だよ」

「ツンデレだ。今、デレられて萌《も》えた」

まだ素直になりきれないから、俺は黒川の臑《すね》を蹴った。

「ばっかじゃないの」

この悪魔に恋してしまった自分の方がバカだと自覚しながら……。

あとがき

皆様初めまして、もしくはお久し振りでございます。火崎勇《ひざきゆう》です。

この度は『契約は悪魔の純愛』をお手に取っていただき、ありがとうございます。

そしてイラストの高城《たかぎ》リョウ様、すてきなイラストありがとうございます。担当のT様、色々とお世話になりました。

さて今回のお話、いかがでしたでしょうか?

悪魔を書いたのは多分初めてです。黒川はある意味究極のスパダリですね。何でもできるわけですから。

律は今までずっと一人で気を張って生きてきたので、そんな黒川を持て余しています。

今回ちゃんと黒川を好き、と自覚し、恋を受け入れたわけですが、何でもしてやろうとする黒川にどう応えていいかまだ暫《しばら》く悩みそうです。

とはいえ相手は悪魔、これからはそんな些細《ささい》なトラブルだけでは済みそうもありません。

律に横恋慕する人間が現れても、黒川はどうとでも排除してしまうでしょうが、それが悪魔だったらどうでしょう?

同じように律の炎に惹《ひ》かれた悪魔が、黒川から律を横取りしようとモーションかけてくる。

黒川はお行儀がよかったので律の心を大切にしてくれましたが、次の悪魔がそうとは限りません。催眠状態にして襲ったり、なんてこともあるかも。

ま、黒川は結構強い悪魔の設定なので、返り討ちでしょうが。

神様というのは想定していないのですが、悪魔がいるなら天使もいるかも。

その天使が、悪魔に魅入られて可哀想にと言いながら律に黒川と別れるように迫る。律は心根の正しい青年なのだから、あんなものとは付き合わない方がいい、と。

でも律は神様を信じてません。自分が苦しい時に何もしてくれなかった者に何を言われても、好きだと思った相手から自分を引き離すな、と一喝するでしょう。

悪魔の力が欲しいわけではなく、黒川が好きなのだから、と。

それを聞いた黒川は大喜びでしょう。

そんなわけで、トラブルがあっても二人は大丈夫でしょうが、所詮黒川は『いい人』ではないので、あんなことやこんなことを律に強いてくるかも。律の身体が心配です。(笑)

それでも、律は絶対に堕落はしない。だから黒川の愛が深まり、更に色々仕掛けてくる。

……結局、単なるスパダリに振り回されるだけの話になってしまうのか？

それでは、そろそろ時間となりました。またの会う日を楽しみに、皆様御機嫌好う。

この本を読んでのご意見、ご感想を編集部までお寄せください。

《あて先》〒141－8202　東京都品川区上大崎3－1－1　徳間書店　キャラ編集部気付
「契約は悪魔の純愛」係

【読者アンケートフォーム】

QRコードより作品の感想・アンケートをお送り頂けます。

Chara公式サイト http://www.chara-info.net/

■初出一覧

契約は悪魔の純愛……小説Chara vol.43(2021年1月号増刊)

ジェラシーは悪魔の喜び……書き下ろし

Chara

契約は悪魔の純愛

……【キャラ文庫】

2021年9月30日 初刷

著者 火崎勇

発行者 松下俊也

発行所 株式会社徳間書店

〒141-8202 東京都品川区上大崎3-1-1

電話 049-293-5521(販売部)

03-5403-4348(編集部)

振替 00140-0-44392

印刷・製本 図書印刷株式会社

カバー・口絵 近代美術株式会社

デザイン Asanomi Graphic

ISBN978-4-19-901042-2

火崎　勇の本

好評発売中

［エリート上司はお子さま!?］

イラスト✦金ひかる

エリート上司はおこさま!?
elite joushi ha OKOSAMA!? You Hizaki
火崎 勇
イラスト✦金ひかる
子供の姿にされなかったら、
お前の健気さに気づけなかった――
キャラ文庫

この鳥居と稲荷狐を、動かすか取り壊せないものか――買付したい土地に建つ社《やしろ》に頭を抱える、不動産会社の課長・榎津《えのきづ》。その隣で古びた狛狐に手を合わせるのは、入社したての新人の福永《ふくなが》だ。「お前、こんな狐を信じてるのか？」思わずバカにした瞬間、神罰で子供の姿にされてしまった!?　台所のシンクも届かず、玄関ドアを開けるのも一苦労――不本意だけれど、福永に面倒を見てもらうハメになり!?